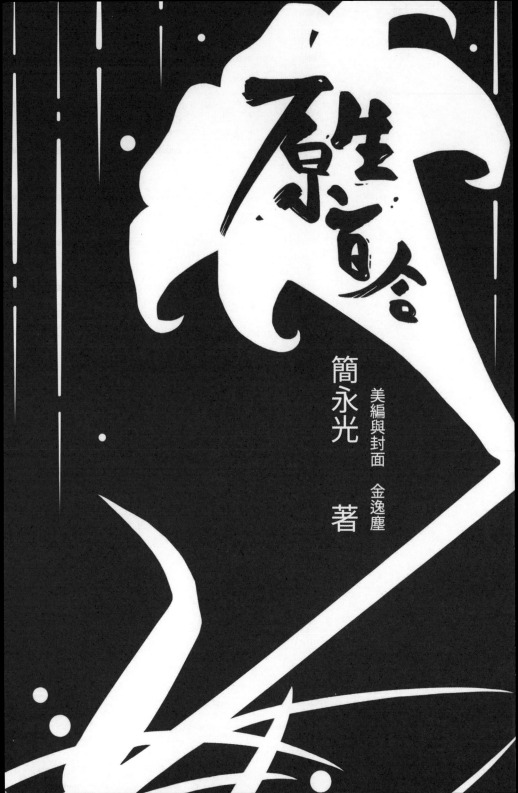

原生百合

簡永光 著

美編與封面 金逸塵

目錄

日安大嵙崁

兩週前和弟妹們陪大姊去基隆看阿叔，姊與阿嬸道往事，說她出生七十天就來到我們簡家。

阿姊起了頭，我們就沉迷在她的故事裡，聽得如醉如癡。

1934 年，結婚甫兩年的爸媽，因首胎夭折，就收養了阿姊來餵奶。姊原生於鼓亭庄的張家，乳名阿雲，學名愛君，過繼到簡家後，阿爸只為她改了簡姓，並未更動原生張家取的乳名和學名。幾個月後，爸媽到外地工作，把姊託付給故鄉的阿嬤帶，所以，姊的童年是跟著阿嬤在埔頂生活，直到將近學齡才被爸媽帶去台中。

大嵙崁溪出了角板山後向右轉，從南流向北，把桃園台地切成右岸的大嵙崁街仔，和左岸的的埔頂。

埔頂仁和宮建於三百多年前的康熙時代，是台灣島上最早奉祀開漳聖王的「開基廟」。

阿爸 1910 年出生於埔頂，廟前是他童年遊憩地。這地方也是阿姊跟隨著阿嬤度過她幼年時光的處所。聽阿姊說，她小時候生病發燒，阿嬤帶她去大溪觀音亭求符水治癒。我沒問她為什麼家旁邊就有仁和宮卻要跑到比較遠的觀音亭？我想，大概開漳聖王和觀音菩薩所主掌的領域不同吧。

仁和宮前是阿姊童年遊憩地

左岸的埔頂和右岸的大嵙崁街仔，現在都屬於桃園市大溪區，所以我們是大溪的簡家，我阿爸是簡家第十七世。

阿爸說，簡姓於東周時期源自於洛陽，到了秦代，向黃河下游逐漸遷移至范陽（現在的北京），那時正值范陽設郡，所以我們簡家子孫就以范陽為堂號。後來再經歷幾次南遷，雖然開枝散葉到四川、江西、廣東、福建各地，但仍然保持著范陽這堂號。

我們這一支系的開基祖，是元末時期遷到福建漳州南靖縣的德潤公（1333年生），漳州南靖的簡氏以德潤公為第一世，傳到了第八世開始有子孫遷台。在康熙至道光年間，德潤公的後代遷台的人數相當多，涵蓋從十世至十五世，我們這一房的開台祖是第十三世。

阿嬤倪氏銀（1883~1949）通泰雅語，曾在角板山（當地人稱為夾板山而不叫角板山）和大嵙崁之間走單幫，後來，定居於埔頂仁和宮旁邊開柑仔店。在我印象中，台灣人倪姓不多，倪字似是1758年乾隆君對巴宰族賜姓的十三個漢人姓之一，若是如此，或許阿嬤傳給我們的，有巴宰（也稱巴則海或擺接）族的血緣。

我們每年跟阿爸來埔頂掃墓，祭拜十五世曾祖父簡正義和曾祖母邱氏娘的合龕墳，到仁和宮前與舊識聊天，也去廟旁鄰居處，捱家捱戶敲門問候。

二戰終結後，我們家定居台北，所以，後來阿嬤和阿母往生時，就沒葬回埔頂。阿嬤 1949 葬在十五份（現在的萬隆），阿母 1959 在中和與土城之間的員山仔。每年清明，我們都要跑埔頂、十五份和員山仔等幾處地方。

1995 清明，阿爸把散居各地的祖墳，集奉到金寶山，他自己也在當年中秋過後去跟祖先團聚。

我們不必再去埔頂上墳，但是，弟弟永昌每隔幾年就回去仁和宮，求一支令旗回來擺我神桌上。我若有經過台三線公路，也會刻意繞道仁和宮，在廟埕和神像供桌樑柱間徘徊許久，並漫步廟旁矮房住屋，追尋昔時跟阿爸來這兒串門子借鋤頭鐮刀去掃墓的記憶。

我們不是大戶人家，在大溪沒祖厝，但是有姑媽。我沒見過大姑二姑，只知道比阿爸年紀較小的四位姑姑。

三姑寶琴，三姑丈黃萬興，在永福村的龍山寺後面山上有很大片的茶園和果園。三姑 101 歲時告訴我們說，她去了天庭也見了佛祖，佛祖叫她回來，等 103 歲才歸天。

四姑阿嬌，四姑丈邱阿清，原本住在大溪街上，1960 年代搬遷到崁仔腳（現在的內壢），四姑前幾年走時九十三歲。

五姑阿英，五姑丈吳義坡，是崁仔腳大戶農家，人丁興旺兒孫滿堂。五姑比四姑小一歲，和四姑同一年走，走時九十二歲。

小姑姑阿釋，年輕時期在台北跟我們住一起。我小時候沒有斷奶，到了三歲時，媽生了扶桑，小姑生了琦玉表妹，於是我和扶桑與琦玉三人共享阿母與小姑姑的奶水。1980 年代小姑隨琦玉表妹一家遷居紐約，我到美國旅行時，常會安排行程去紐約看她。2020年二月，小姑九十五歲時前往天國與祖先們團聚。

阿母杜氏綢（1911~1959）走時，我們家正窮。那時候，親戚長輩建議說阿爸一個男人帶不動七個孩子，應該把最小的扶真送人收養。

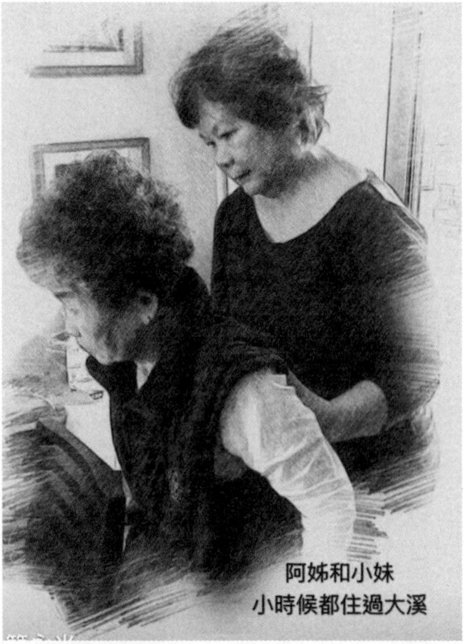

阿姊和小妹
小時候都住過大溪

雖然，阿姊把我們這些弟妹照顧得很好，可是親戚們說阿雲二十六了，總得嫁人。於是，才三歲多的小妹扶真，就注定了被送走的命運。

小妹送人收養沒幾天，我們就覺得不捨，於是去人家家裡鞠躬道歉，把她抱回來。這樣送出抱回來好幾次，直到後來送給四姑媽才算底定。

四姑自己沒生育，收養的鳳英表妹七八歲了，親戚說，小妹去四姑家是自己血親，又有鳳英相伴，應該會過得好些。

那時我唸初三，扶桑永昌扶育都還很小，對於大人的安排，我們沒有說話的地位，看著小妹被送來送去，再怎麼不捨也只有流淚認命，安慰自己說，四姑也是自己人，將來還是看得到。

我記不得扶真去了大溪多久，只記得我曾經偷偷帶扶桑，坐火車去桃園換搭公路局，到大溪去探望。

再過不知多久，我們收到四姑寄來的信，我想那應該是託人代寫的。信中除了問候道平安之外，特別提到大家都很疼愛惠珍，她也習慣新生活。

我讀完信後幾乎發瘋。明明小妹的名字是扶真，他們居然以閩南語同音字把她叫成惠珍。我每天睡不著，睜著眼到天亮，想到他們會把小妹的戶籍報成邱惠珍，我就無法闔眼。

我忍無可忍，自己跑去大溪，騙四姑說媽媽託夢給我，要把小妹帶回來。我用這個藉口，四姑或其他人都沒辦法抵抗。

四姑流著淚打包小妹衣物：「她都已經漸漸習慣了……，剛來的時候，睡醒喊大姊，現在睡醒已經會叫阿母了……。」

我知道阿姑疼小妹，但是硬逼自己不能心軟。眼看著阿姑臉上滿滿的鼻涕眼淚，兩手機械式地摺著小妹衣裳，我很想找條毛巾幫她擦一下臉。可是我知道在這個關鍵時刻，絕對不可以心軟，任何溫情小動作，都會讓自己專程跑來大溪的原意功虧一簣。所以，我拼命狠著心，找各種理由把姑侄關係推向對立面，狠著狠著撐著撐著，我告訴自己：「她只是姑姑，又不是阿母，憑甚麼要小妹改口叫她阿母……。」

莎唷娜啦邱惠珍，莎唷娜啦大嵙崁，我們回台北去當簡扶真。

2017的八月二十三日在基隆阿叔家，聽姊講童年跟阿嬤住的往事，我的腦中就縈繞著大嵙崁溪兩岸的種種往事。整個星期中，想的是祖墳、仁和宮、阿爸阿母、四姑、惠珍……。

過了一個星期，八月三十日，我終於忍不住，一早就搭捷運去永寧，換巴士到大溪。

像遊魂似的，我逛了老街、繞了公園、徘徊在市場、吃了碗粿、看了武德殿的木藝展，我要找的東西都沒找到。

更精確說，其實我不知道自己到底要找什麼東西。是親人？是故居？是祖墳？是回憶？是在大溪街上？是在埔頂仁和宮前？在台北？在昔日？在眼前？在身旁？在內心深處？

我的靈魂好像被瀑布沖到深潭漩渦中，我的頭殼好像被鐵罩子鎖得越來越緊，又好像有什麼東西從腦殼裡面掙扎著要爆裂開來。

隔天，也就是八月底，我出差去蘇州授課。在講堂上和應酬場合都沒問題，但是每當身軀鎖進旅館房間時，靈魂就出竅飛向大溪。

五天後回來，莫名的幻想演變成有點焦鬱。我想再去大溪搞清楚自己到底在找什麼，或者是到礁溪泡溫泉把自己放空。

我選擇後者，但是溫泉對心病沒療效。泡完溫泉隔天上午，我到家裡附近的賣場，採購些食品走回家的路上，巧遇扶真：「二哥你去蘇州講課回來啦？」

兄妹倆並肩走了幾步，扶真又急著快步向前：「二哥，對不起我要趕時間……。」

對著超前快步的小妹背影，我口中輕語：「OK去吧扶真。」心中默唸：「莎唷娜啦邱惠珍。」

小妹簡扶真的話

邱惠珍，何許人也？腦中搜尋二哥朋友，好像沒這名字。啥？原來是我啊！

回頭看自己生命的走勢，常就覺得受二哥和二姊強烈的影響。三位哥哥三位姊姊當中，只有扶育像姊姊，其餘都像長輩。

對於幾次的「進出」，隱約還有些印象，有時經過這些地方，也會想，如果當初如何如何，現在又會是怎樣？

遐想回到現實都是慶幸、感謝哥姊的疼愛，我很喜歡現在的自己，謝謝你們影響我生命的走勢是這樣。

千絲緣

我們巷子口有一家退役老兵開的山東麵館。

平常日子，我喜歡自己做炊，偶而工作稍微忙碌或者覺得累的時候，懶得下廚，就會光顧這家小麵館。通常我都是點一盤炒飯一碗酸辣湯，再自己打開冷藏櫃的玻璃門，選一碟小菜。

麵館老闆夫妻寡言寡笑，平謐面孔透著些許風霜但不是憂鬱。每次我點完炒飯和湯後，老闆娘一聲不應轉身就走，隔些時，端來飯湯又默然回去忙她的。

習慣了這種無言的互動模式，我想，這對夫妻根本不須要像其他生意人一樣堆笑臉招呼顧客。我一年當中頂多來十次八次，吃了好幾年，除了點炒飯和酸辣湯之外，不曾交談過片語隻字。這情形一直到2016年十月初的某一天。

那天中午我低著頭扒著飯，老闆娘端來一碟豆干絲放我桌上：「這一盤送給你。」我愣了一下，抬頭不曉得該怎麼道謝。

「你上次離開的時候，我收拾桌面看到那碟干絲沒被動過，嗅了嗅才發現原來不新鮮。」首次看到老闆娘的笑顏，帶著些許靦覥歉意：「真的不好意思，以後如果有這種情形，請告訴我。」

「喔，那是最後一盤，所以我就沒講。」我記起來了，是三個月前的事：「如

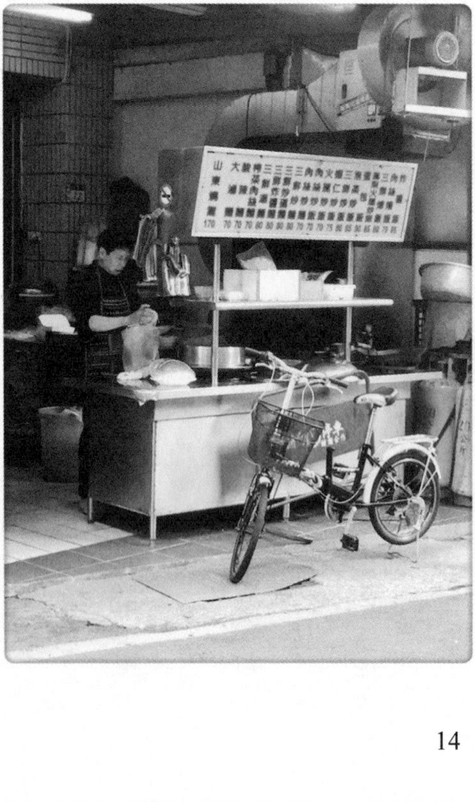

果櫃子裡還有的話，我就會說，免得讓其他客人再吃到。」

三個月前是七月酷暑天，豆干絲不容易保鮮，所以老闆娘做得少，我正好拿到最後一碟。誰知，我不吭聲買單，卻造成老闆娘三個月的不安與自責。

我很高興自己出國一陣子後又來光顧這家店，讓老闆娘不至誤以為小小閃失就被老客人休掉。我也很高興，從未交談過的老闆娘居然認得我面孔。

這是我一輩子吃過最好吃的芹菜香油豆干絲，也是整個 2016 年度讓我最難忘的一餐。

只今白來分

日本人回到家時，進門的第一句話是ただいま（tada-yima），漢字寫為「只今」，意思是說我回來啦。字面上的意思就像英文 just now。

阿爸日治時代在總督府測量隊工作過，跑遍台灣各鄉鎮。我小時候喜歡聽他和別人聊鄉野軼事和老地名典故，聽得入迷。

後來我讀森林系，又玩童軍，四處跑的機會比同儕多很多，父子同樣對舊地名典故興趣濃，遂多了共同話題。

半世紀過去了，阿爸昂首瞇眼細數蘇花之間大南澳、大清水、白來分、大濁水等地名時的語調和表情，還是那麼清晰，恍如昨日。

阿爸曾告訴我說，他們測量隊在白來分住過一段時間，我不知道是住幾天還是幾個月，但是這個地名我沒記錯。

我喜歡尋覓踩踏先人足跡，卻未曾造訪白來分。年歲漸老，想要去白來分說聲「ただいま」的念頭如鮭魚思源，不時在心深處呢喃。

1950 年代，公路局在和平溪北岸有個小站叫作白來分，海防部隊在白來分也有個分駐所。後來 1973 蘇花鐵路動工時，在分駐所舊址的稍南處，設了個車站叫作「漢本」。

漢本這個站名，不曉得是哪個（或好幾個）天才瞎掰出來的。這些天才們在創作過程中，除了以訛傳訛之外，還競相發揮想像力，編造拼湊了一連串日清兩朝的故事。先說這個地方位於蘇花路百里的中途，再說清朝的總兵羅大春把它命名為「百里分」，接下來，就變成日本人稱它為「半分」。最後，又順理成章再從日文 Hanbun 的發音，變成中文的漢本兩字。

虛構的故事講多了，就有人會信以為真。2006 年，漢本車站的站長不曉得發什麼神經，大喇喇地在車站前，立了個「百里分」的石碑，再自以為是地勒了些胡扯文字，就變成緬懷古情的《思想起》。這種胡搞瞎搞的行徑，就如同隔鄰武塔車站的莎韻紀念鐘，好像誰下手造了個固定建物，誰就搶佔歷史的詮釋權。

後來，網路更可怕。

任何三八人只要抄襲一段東西，不加求證在網上發表，就會擴散開來。大家抄來抄去，隨便點幾個關鍵字，跑出來的相同文句占了全部版面百分之九十五以上，儼然就是主流，好像韓國選美舞台上，千篇一律的臉蛋與髮型。

電視劇的渲染力也很恐怖。《練習曲》選了這片海灘作拍攝背景，朝聖客就絡繹不絕，漢本車站內乾脆掛上導覽看板。

朝聖、時髦、拍照、po 文、抄襲、漢本、半分、百里分……。某個夜裏似睡非睡間，阿爸終於忍不住顯靈罵我：「永光，我的白來分呢？你不是說要去嗎？」

蘇花快速道路修到和平溪口的北岸時，在觀音隧道南端發現一千多年前先民遺址。史博館開挖，把它稱為「漢本遺址」，與八里十三行文化居於同等份量的考古地位。

這張海報的 Blihun
把我引向蘭陽博物館

為了介紹這考古學上的重大發現，蘭陽博物館在 2017 年八月十日到十一月二十一日間展出「重見重現重建漢本」的文物。展覽海報和宣傳品中，英文標題用 Blihun 而非 Hanbun，我滿懷欣喜去展場尋找阿爸的白來分，可惜，展出單位只悄悄在英文標題中寫 Blihun，卻避開半分、百里分、漢本的論辯。甚至，連另一個更接近「白來分」發音的英文字 Berefun，也刻意被安排得非常低調，只出現在二戰時期美軍地圖的註記當中，而不列到任何文案的標題欄。

考古考古，考究古文化，不介入今人地名話題的口水戰。這種息事寧人的作風很讓我感冒。

感冒歸感冒，我沒有什麼立場去跟人家爭論怎麼翻譯怎麼命名，也不想揣測展出單位是不是濫好人心態。但是我制止不住心中納悶，單就英文 Blihun 或 Berefun 的發音，我很想知道，和平溪口的白來分，與淡水河口的八里坌，是不是出自同一個凱達格蘭族的單字？

如果是同一個字的話，那麼，先民稱呼 Blihun 或者 Berefun 的語意，是不是河口？是不是河口市集？是不是貿易港？

如果 Berefun 這個字的含意是貿易口岸的話，那麼，航海貿易對於千年之前凱達格蘭族的生活模式，應該佔相當份量吧。那時期的航海貿易，航的到底是哪個海？是台灣島東側的太平洋？還是西側的台灣海峽？貿易的對手是誰？主要的貿易貨品又是甚麼？

千年之前，比十六世紀的歐洲大航海時代早了很多，也比三保太監下西洋早了很多。那時候的海上貿易，主角是誰？

我不知道，距離台灣東海岸僅僅只有三公里的黑潮，是不是千年前海上行船的最大推力？如果真是這樣，那麼，當時的主要海上航道，應該是沿著黑潮主流（也就是太平洋西側島弧的東邊）而行，通過台灣島的東岸，而不是走台灣西岸的海峽。

黑潮緊貼著台灣東海岸北上

在這種情況下，面向主要國際航道的東海岸，相當於是台灣的表側而不是裏側，而且，台灣東部也不應該被稱為後山了。

同樣的道理，日本面向太平洋的一側叫作「表日本」，面向日本海那側是「裏日本」。

從地名，想到先民的生活型態，從洋流，想到航海貿易的路徑，我陷入了「前山」和「後山」的迷茫。

也許，我們習慣於矇著眼睛，從三四百年閩粵移民的觀點來看台灣。唐山移民過黑水溝到台灣西部，活動的型態是定點式的農耕墾拓，自然把西部平原看成地理上的主體，而把台灣東部稱為是後山。

前山後山的稱謂，代表漢移民的本位觀點，不全然等於是更早期「非農耕民族」的南島先民看法吧。

如果把時間軸，從三四百年拉長到千年或更久；把空間圖，從台灣海峽的兩岸，擴大到亞洲陸棚與島鏈，甚至島鏈外緣的洋流資源；把那時期在這兒的居民主要生活型態，從農耕轉焦到漁獵或者是航海交易；那麼，咱們改口，把面臨國際航道的台灣東部稱為「前山」或者「前門」，把坡度較緩的西部平原視為台灣的後院，也未嘗不可吧？

我在蘭陽博物館前的水塘邊，陷入了微觀和宏觀的歷史考古幻想，沒辦法向阿爸交待，只好另外挑個日子，自己去和平溪口，再尋白來分。

漢本車站的驛伕仔，不知白來分只知百里分，我問不出所以然，步出車站望著那胡說八道的《思想起》勒石碑文，覺得好無奈，孤寂地走向海灘，對著太平洋吶喊。

1959阿母過世時，家窮沒錢做個像樣的墳，只立個小小墓碑，墳太小總是被芒草淹沒。媽離開後那幾年，我會偷跑去墳上，常常在荒塚交錯間找不到，大哭一場之後，媽就會來帶我。後來，兄弟姊妹們談起，永昌扶桑扶育也都有相同經驗，自己偷偷去，找不到就哭，哭著哭著，媽就會帶路。

我向著大海，嘶聲問阿爸，白來分在哪裡？再仰望青空豎耳傾聽。阿爸沒回應，我緊閉雙唇，蹲在海灘上兀自撿石頭疊石頭。

1996到1998我住烏蘭巴托，知道草原上的蒙古人喜歡疊石頭，他們認為石頭疊得越高就越接近天神。我在海邊疊石頭，就是想跟阿爸說只今（ただいま）。

海上沒回應，天上沒回應，我忍住淚往回程走。

路過一處像工地宿舍模樣的建築，狗吠聲引出一位五十開外的男子，看我東張西望，問我要找誰？我問他這裡是不是白來分，他搖搖頭說不知道。

我再問他，知不知道從前有個分駐所？他指著我身後的密樹叢蔓說就在那裡面。我再怎麼仔細端詳，也看不出荒草樹林中有什麼東西，一再向他確認，答案是樹林裡面有海防部隊分駐所的殘垣。

我把褲管塞入襪子，從背包取出平常釣魚用的手套，撥著草攀著樹根，爬上苔石駁坎，終於看到隱在綠色裡的分駐所。

我不是來電影的拍攝場景朝聖，也不是來漢本遺址考古。我今天沒哭，我想大概是我疊石頭後，爸就託陌生人帶我去向白來分說ただいま

昔日的白來分分駐所

莎喲那拉
半分

雨夜花

與銀行老友喝得茫茫穌穌爽爽，搭捷運回家。

商店早已打烊，昏黃路灯映著綿綿雨絲，夜風捎來微微寒意。路上沒幾個行人，我走著走著覺得自己很瀟灑，有點茫又不太茫，有幾分酒意又不算醉。這是賦詩情境。

我想，今夜必有靈感佳作，於是，出了捷運站後，把手機調成隨時可以拮取鏡頭的最佳狀態。

雨夜的小巷走廊有許多畫意，獨缺詩情。所以，我再怎麼刻意逼自己譜入賦詩意境，也捕捉不到有生命的活鏡頭。

雨勢越下越大，我站在狹巷超商的簷下躲雨，無意識地瞀向對面陰陰暗暗的走廊，有位拾荒者，彎著腰在整理撿拾來的瓦楞紙箱。

我不經意地拍了幾張遠距照片，心想，如果沒啥題材，至少可記錄些秋天雨夜的社會底層生活，在自己幾天沒交卷的臉書上，故作體察庶民狀。

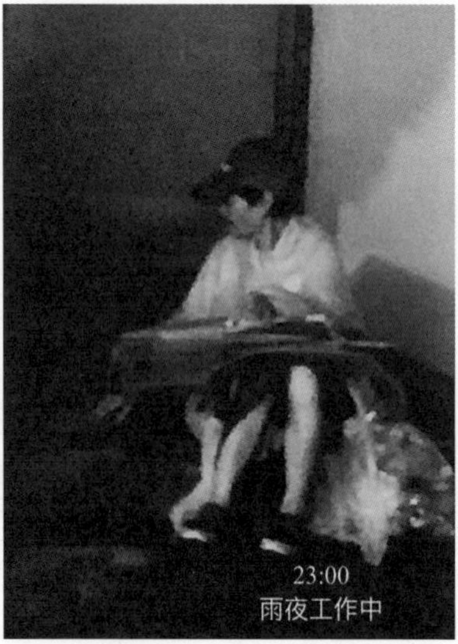

雨勢沒稍歇，拾荒者冒雨跨過巷道，朝我這邊過來。我心中暗喜，可以拍到近景。

是位傴僂老嫗，罩著薄薄的黃色塑膠披風雨衣，也許是為了不讓膨膨鬆鬆的雨衣影響工作利落，所以在腰際上繫了條紅色塑膠繩，權充腰帶。當我的眼光被那條紅腰帶吸引住時，我想，今天的文章主題已經找到了。讚！這條塑膠繩就可以讓我文思泉湧。

拾荒者在不很寬敞的簷下走來走去，我緊跟在她背後轉來轉去。我已經不再關心她要幹嘛，我只留意什麼是最佳時機最佳角度，讓我可拍攝到她的紅色塑膠腰帶以及彎腰背影。

我耿耿於懷的是鏡頭、雨夜、拾荒、腰帶，還有最重要的，是配合我寫文章的最佳畫面。我進一步盤算，如果能捕捉到疲憊的側臉，更好。

坦白說，我終於找到，利用別人的苦哈哈鏡頭，來遂行我體察基層的寫作題材。我一點都不覺得羞慚，只欣喜逮到靈感與標題。有了標題就夠啦，至於故事的內容，我會編撰、我會創作。

拾荒者看我在她背後轉來轉去，就回過

頭，正面向著我，開口：「雨很大耶，這把雨傘你拿去用吧。」

我端詳這位約莫八十多歲的大姊手中，除了剛剛整理完的瓦楞紙，還有一好一壞兩把雨傘。她遞給我的，是完好如新的白色那一把。

我一再辭謝，辭不了大姊硬要給我那把傘：「雨那麼大，不會很快停的。」

就在我接過傘愣住的剎那，大姊的身影很快消失在旁邊的暗巷，我伴著她留下的傘，在超商前面的長條椅上，坐了約莫十分鐘。

我告訴自己，大姊不會回來取回這把傘了，所以，我就撐著這傘回家。

雨很大，沒淋到我的頭，但是傘內的淚還是濕了我的臉。

我想
她離去之前已很疲憊

少年琴師

盛暑的正午天，縱使坐在輕風徐來的樹蔭下，還是冒著汗。

合興，是位於內灣前兩站的一個小小招呼站，沒有車站建物，只有一道岸式月台。這些年來，被營造成以愛情為主題的公園景點，假日吸引不少遊客和攝影愛好者。

我對這種刻意從地名諧音衍生編撰出來的景點故事沒啥興趣，只想在月台邊那個舊火車廂改裝成的茶座，喝杯咖啡。

不經意走向電子琴聲來處，不經意看見苦楝樹下少年演奏者的嘴角，隔幾秒就抽慉上揚，直覺那似乎是輕微的腦性麻痺吧？

輕晃的俊俏臉龐和明亮眼眸，傳達著演奏者與樂曲融為一體的喜悅，我的腳步被定格了。

都是我很熟悉的昭和時代流行曲，我大多記得歌詞，不自覺地隨著旋律輕聲哼唱，陶醉在音樂的情境中。五六曲之後，小帥哥歇下，喝口水，起身，雙手端著他的名片，跑著迎向十幾步外的我：「給您！」

燦爛的笑顏、三分童稚七分愉悅的聲音，比他的琴韻更迷我。於是，我流連了兩個多小時，走不開。

端詳著名片背面那幾行字：

自閉是一種能力，並非一種障礙。
雖然走得很慢，但從來不後退。
一張白紙有個黑點，我們經常都是看到那個黑點。
這些年透過自己不斷學習，漸漸讓大家看到我白色的部份。

一遍又一遍咀嚼著白紙和黑點的描述，倏然間，覺得眼前這少年彷彿是我的孩子，是我的孫兒，甚或，是時光倒流的我自己。逐漸模糊的眼中似乎看見自己緩緩地步向一條狹長隧道，隧道盡頭是柔和的亮光，腳上踩著的是象牙白的厚實毛毯，隧道壁是鮮嫩得像天鵝絨的淺綠。

從幻境回到現實，我環顧四周，苦楝樹冠形成天然的傘蓋，電子琴的腳架吊著條毛巾與一卷蚊香，少年的座位正處於兩道鐵軌的分叉點。裝飾用的鐵軌與地面等高，所以不影響到少年座位與琴台的平坦度。

座位背後不遠處，有個黑色厚重的鐵道轉轍器；少年所面對的前方，兩組軌道正分別朝著左右不同方向延展。看著背後沉甸甸的轉轍器和面前不同走向的軌

道，我彷彿聽見幽揚的樂曲聲中，夾雜著半模糊半清晰的口白：「每個人都注定要揹負著沉重的包袱試圖主宰你的去處，然而每個人都可自主選擇他要走的路。」

少年左後方的苦楝樹幹上，斜倚著一片看板：

其實我並不想發脾氣尖叫或橫衝直撞
也不想破壞寧靜的夜晚或歡樂的時刻
只想要有人懂我就已足夠
自閉不是症也不是我唯一的特質
請你傾聽我接受我了解我甚或愛我
請感受我用生命力傳出的音樂渴望和大家聯繫在一起

我一面隨著旋律輕輕哼，一面看著眼前景緻幻想，同時用手機上網瀏覽，才知道原來他是竹東高中的學生。

正午天，苦楝樹蔭下很熱，小帥哥沉浸在演奏的喜悅中，額頭有些汗。正午天，很熱，我想起天天天藍的歌詞，問自己眼睛怎地出汗？

離開時，我用雙手鼓掌，燦爛地回他兩個字：「加油！」

骷髏和裸夫

我沒再養狗，我不知道是不是跟幼年時期的記憶有關。

四歲那年（實歲只有兩歲多），心愛的玩伴狗死掉，我哭了很久很久。

前些日子與姊聊到那段七十年前的傷心事，姊說：「永光，骷髏死去，你一天哭好幾次，哭了好幾個月。」我記得那時候邊哭邊抽搐的模樣。

大哥走前的幾年間，我們兄弟倆常常結伴出遊，也時常聊起童年往事，哥說我個兒小，常常把骷髏當馬騎。

我記得沒有鞍，不好維持平衡，所以總是趴在骷髏背上抱著牠的脖子。我用小手緊緊環抱骷髏脖子，幾乎掐到牠的頸椎骨，小臉貼在牠的皮毛嗅著濃烈的氣味，那種感覺到現在還記憶猶新。

上小學後，才知道骷髏這兩個字很恐怖，有一天我問阿爸，為什麼咱們家從前那條狗要叫骷髏？是不是因爲牠很瘦？

我們三兄弟
合照的相片不多

阿爸說，日本話的くろ（kuro）漢字是「黑」，所以黑狗的名字大多叫作くろ。

失去心愛的狗，來了另外一隻恐怖的大狗，那是隔壁阿山他們家養的裸夫。我不知道那家阿山講的是哪一省的口音，只記得聽大人說阿山是憲兵隊長。他們的狗很大隻，叫聲很大聲，名字叫作老虎，阿山都叫牠裸夫。

大哥說，如果你怕狗，看到狗就跑的話，牠會認為你是小偷，就會追過來咬你。哥不怕狗，可是我很膽小，所以曾經被裸夫追過。

現在，我每隔幾個月去台大醫院北護分院回診，都會順道去內江街的巷子內看一眼故居。那是一間很寬敞的日式宿舍。幾位弟妹中，扶桑、永昌和扶育，都是在這裏出生的。

1945 年阿爸花了多少錢買這棟宿舍我不知道，但我記得很清楚 1954 年以新台幣三萬兩千元將這房子賣給三舅媽的友人。

如今，屋已半頹，有一大

姊的青春歲月與我的童年

半被拆為巷道。聽說，幾經易主後，目前的產權屬於台北市政府，裡面有幾位不曉得以什麼身份住進來的老人家。

我總會在門口徘徊一陣，想 1949 年從這兒出發去天國的阿嬤、想借住在我們家好幾年的汕頭人林應發先生和他漂亮的上海新娘素貞。我們稱他倆為阿叔阿嬸，他們叫我爸媽為阿兄阿嫂。

我記得，我們家門口掛著兩個戶長牌子，厚厚的木板端正的楷書，一片是簡慶祥、一片是林應發。很多年很多年以後，我曾經在閒聊時問過阿爸，阿林叔叔跟我們家到底是什麼淵源。

爸告訴我，終戰的隔年，有一天有一位操著汕頭口音的年青人，到我們店裡問，這附近有沒有便宜的房子可供出租。這年青人認為戰後的台灣應該會有發展空間，所以就往來於香港和台北之間跑單幫，賣些西藥和女人的化妝品。

我們的柑仔店在成都路和昆明街的三角窗，現在的國賓戲院旁，住家宿舍在內江街巷中。阿爸看這位汕頭青年很老實，又急著租屋成親，就把住家的宿舍騰出一間讓他住，象徵性的收一點小租金。一年後，他們的新生兒子得了小兒麻痺，成為行動不便的低能兒，生活變得拮倨，阿爸就免除了房租，阿林叔叔和素貞嬸嬸也就成了我們的家人。

我會站在老房子前，想念與我們同住的小姑媽、美子姊姊與阿娥妹妹。我會想念阿母阿姊和秋蘭姨擠在廚房做菜的熱鬧情景。

我會想念阿爸跟他那十六位換帖兄弟，在我們家榻榻米上，圍著矮

1953成都路昆明街口店

秋蘭姨 永昌 扶桑 永光　扶育 阿母　阿爸

桌「吃會」的菜味酒味，以及划拳唱歌吆喝喧囂。

我們這些小孩，跟著那幾位喝得滿面通紅的歐吉桑，高唱改編的日本軍歌：

朝から 早く 土豆仁
杏仁茶 油車粿 街まわる
いるは 豆干糋 紅龜粿
台灣話 日本仔話 濫濫作一伙

那個時代，我們的廚房和天井還沒被拆成現在的巷道，當時，房子很大院子也很廣。日式宿舍有三落建物，一落我們住，一落借給阿林叔叔，還有一落是農具室和豬舍。寬敞的院子內有大樹、有花園、有防空壕還有雞舍。大哥教我在院子擺誘籠捕痲雀和白頭翁。

我喜歡晚春的雨水滴在馬茶花，把白花綠葉洗得潔淨清新；我喜歡太陽照在紅色仙丹花的耀眼亮麗；我喜歡阿爸教我揉搓雞冠花種籽，告訴我播種傳承的道理；我喜歡哥哥嘲笑圓仔花不知醜；我喜歡靠圍牆邊那顆又高又大的雀榕，和它掉落滿地的醬果。

我喜歡冬至時，與媽媽、秋蘭姨、阿姊一起圍著日式矮桌搓湯圓，尾牙時大家包潤餅捲的樂融融氣氛。

當然，我也想念骷髏和裸夫。

豬腳凍

通常是月初來看阿姊，但這次我刻意提早兩三天，趕在月底之前，除了陪姊吃飯，還有強烈的求援意圖。

整個五月份，我的咽頭一直哽著，似乎有喘不過氣來的感覺。本來想在母親節之前寫些媽媽的往事，但想的細節越多，越是不知從何下筆。

過了母親節，變成有些恐慌，怕這樣繼續蹉跎下去拖過了月底會交白卷。這情愫，在心底深處發酵為一天比一天更強烈的自責。

今天不待阿姊開始說故事，我搶先指定題目：「姊，我記得三歲的時候得過百日咳……。」我年尾出生，說是三歲，實歲才一歲多。

我對百日咳的事情，好像有點模糊印象，也聽阿爸說過。爸說，那段時間阿母照顧我很辛苦。

「對呀，足足一百天，阿母抱著你沒睡過好覺。」姊被我拉回七十多年前的回憶：「換過幾位先生，後來郭小兒最有效，我和阿母輪流揹著你，從西門口走到大橋頭來看郭小兒。」

我喜歡姊的古典台語，她沿用日本式講法，只有醫師老師和律師這三種人士才可以稱「先生」；說到小兒科診所時，省略「科」字，只稱郭小兒或王小兒。

1933 年爸媽結婚時，爸二十三，阿母二十二歲，在那個時代，這算是正常的婚齡。隔年，媽的初生嬰兒夭折，經大姨的介紹，收養了鼓亭庄張家出生才七十天的女兒來餵奶水。大姊學名簡愛君，但日常稱呼則沿用原生家庭的小名阿雲。

姊來到簡家那幾年，媽又生了一男一女。稚齡的阿雲，揹過也幫忙照顧過小她幾歲的弟弟阿明與妹妹かねこ(Kaneko)。

1943 年春天，虛歲五歲的阿明，在台中公園被大人抱下遊艇時，因突然晃動受到驚嚇而發高燒昏迷，醫師治療不見效，神明說孩子失了魂（魂魄已經不在身軀內），果然，沒幾天就結束剛滿四載的生命。

才經歷喪子之痛的阿母，在鄉間小道恍神跌倒，頭部撞及磚石血流如注。同行的阿姊奔走呼喊救命，經人協助送醫，急縫八針才脫離險境。

兩個月後，甫兩週歲的 Kaneko 也因感染肺炎而不治。

前後三個親生孩子都沒養成，爸媽接受長輩的建議，在鳳山收養了出生才五十天的林家第四子，也就是我的大哥。

大哥生於 1943 中秋過後兩天，小名としろ（Toshiro 敏郎），為尊重他在原生家庭的排行，爸把大哥的戶籍學名登記為簡四郎，直到小學四年級才改名為簡永富，但家中長輩還是一直叫我大哥為 Toshiro。

大哥來到簡家後，我們這些弟妹一個接一個報到。阿嬤說那都是としろ帶來的，所以阿嬤特別疼我大哥。

戶口名簿上，我的出生序登記為長子，扶桑是長女；哥哥姊姊則記載為養子養女。

姊說我小時歹腰飼（體弱多病），我記得到十多歲還常常尿床，媽媽幾乎三兩天就為我燉粉光蔘斑鳩。

不只是百日咳那段期間不離媽媽懷抱，事實上，在我記憶中，媽的右手胳肢窩一直是我的專屬眠鄉，我到現在還很清晰記得媽的體香。

弟妹相繼出生，我們家的雞腿當然給年紀最小的孩子吃。但是「睏手曲」的特權，好像一直保留給我這最嬌弱的傢伙，我也習慣於這種裝得一副柔弱可憐狀而獨享睡在媽媽身邊的童年。

有一個晚上，我在熟睡中夢見廟會出巡隊伍行經我家門前的成都路，路中央遊行的有各種神明、有七爺八爺、有舞龍舞獅。我們站在路邊拜拜，大人手中舉著香，小孩雙手合十。忽然間，舞獅的獅子變成真的獅子跑出來亂闖，大家嚇得四散奔逃。

我嚇醒後很害怕不敢睜開眼睛，只抱住媽往她腋下拚命鑽。我沒吵醒媽，想等媽媽醒來後要告訴她這可怕的夢境。

不曉得是不是受到莊周夢蝶的故事之影響，半世紀多以來，我常常夢見時光倒流，穿梭回到童年那個晚上嚇醒的瞬間。

我想，如果媽醒來的話，我除了告訴她舞獅跑出來追人的事件外，還要告訴她說我夢見我長大，夢見我考上初中高中大學；告訴媽說我夢見我有三個孩子六個孫子；告訴媽說我夢見有一種東西叫作電視，很像放在箱子裡面的電影；我也要告訴媽說我夢見我坐過飛機、去過美國，也會說美國話。

阿母如果聽到我這樣講，她一定會緊緊把我摟在懷裏，笑著說：「聰明的孩子，你真會想像……。」阿母的笑臉很美，聲音也很美。

我喜歡跟媽膩在一起，看她的臉聽她說故事聽她唱歌。媽教我雨夜花，我最喜歡第四段歌詞的「雨水滴引阮入受難池」，媽教我秋怨，我最愛第二段歌詞當中的「看見孤雁飛過河，目屎輪輪滾。」

1957 夏天，我以台北市聯招榜首考入建國中學初中部，媽很高興，說我將來會很有才情（成就）。我說以後賺錢要買最好吃的東西給媽媽吃，並且問她最喜歡吃什麼？媽媽說她最喜歡吃豬腳凍。

就在那一年的十二月十二日，我唸初中一年級，媽媽腦溢血倒下，右半身不能動，能聽不能講。我還是睡在她右邊，每天晚上還是抱著她。但是我來不及長大，來不及賺錢買豬腳凍孝敬她，就在媽媽病倒一年半後的 1959 年八月一日，為她披孝服。

五月份有母親節，我在 FB 上看很多朋友 po 出快樂的熱鬧的聚餐文章和照片，心中想的卻是雨水滴入受難池，和飛過河的孤雁。

我不想拖過五月底，所以趕在今天去看阿姊。我要姊多說一些媽媽的故事給我聽，尤其是我出生之前的往事。姊告訴了我很多很多，可以讓我持續寫阿母的故事。

離開姊處，我特意在回家途中買了豬腳，整個傍晚時分，我守在廚台旁，把豬腳滷得香香，準備放涼了後，晚上移入冰箱，明天天亮還沒到月底，我就有豬腳凍了。

當然，我也不一定希望等明天，我更期待的是當我醒來時，我又回復成阿母懷中的孩子。如果是這樣的話，有沒有豬腳凍就無所謂了。

我會告訴媽說，我夢見終於請她吃豬腳凍時，媽已經一百零八歲。

小妹簡扶真說：

或許也受莊周夢的影響吧
是有揪心的回憶比較哀傷？
　還是
沒有回憶的揪心比較哀傷？

剃眉記

我種了幾盆左手香，這東西原本叫到手香，後來變成倒手香，閩南話倒手就是左手，所以現在稱左手香的好像比較普遍。

印象中，慣用左手的人很多都是創意家、藝術家和傑出的運動家。另外還有個印象，說是左撇子的右腦通常會比較發達。右腦的功能本來就比左腦要大很多倍，所以，慣用左手的人優於慣用右手者。

討論公共議題或意識型態時，普遍認為左代表社會主義，比較偏向勞方，右代表資本主義，偏資方。而且，左代表激進和改革，右代表穩健和保守。

我不太喜歡這種二分法，動不動就把人事物都看成左右對立。

總覺得世間沒什麼絕對的左，也沒有百分之百的右，而且，左和右這兩種觀念可以並存，不必硬把它看成矛盾或衝突。

我認為，不管什麼主義、派系、勞資、政商、朝野，都應該和諧相處，大家追求共存共利，以合作取代對抗。

如果所有的族群，包括有錢的、沒錢的、動腦的、動手的、巧藝的、當官的或做生意的，如果搭配得好合作得好，每個人都可以共享豐碩成果，就不必在細微末節的議題上吵來吵去啦。

我會有這種「以合作取代對抗」和「追求共贏」的想法，來自年青時代的親身體驗。我所說的年青時代，真的很年青，就在小學一年級。

那時候，蔣經國李國鼎孫運璿等傢伙還沒開始臭屁之前，台灣已經發展出經濟奇蹟，而且，我還躬逢其盛，參與並見證了奇蹟來自各族群通力合作，這些族群包括投資人、專業技術人士，以及消費者。

1951年九月，阿爸帶我盛裝入學，就讀台北市西門國民學校一年級乙班。那時，我們稱國校或稱小學，而不稱國小。

西門小學的學生，貧富懸殊。家住在成都路衡陽路博愛路的，大多是富家子弟，他們有鞋有襪有皮革製的後揹式書包；住在康定路環河南路到第三水門邊的小孩比較窮，很多人用包袱巾綑在肩背上當作書包，而且脫赤腳上學。

我阿爸在成都路和昆明街口開柑仔店，我們家境算是中等小康，所以我有鞋沒襪，揹的是斜肩式的帆布書包。因為穿膠底布鞋沒穿襪子，放學回家脫了鞋換穿木屐後，腳很臭。

根據居住地點來區分家境貧富，原則上不錯，但也有例外情形。

譬如說台北的城中區，基本上是有錢人家的地區，但是，在中華路的鐵道兩旁，和延平南路桃源街的國防部後面，大片大片的棚屋式違章建築，住滿很窮很窮的阿山兵，算是富人區裡的貧民窩。

又譬如位於康定路以西的淡水河畔水門旁，大部份是窄巷矮房，住很多窮人家，可是在第二水門邊，有幾間囤積檜木的杉仔行和鋸木廠，還有第三水門邊後菜園的黃厝，他們的富裕程度，遠超過城內那些大戶。

那年頭，家境不好的孩子放學以後必須打工幫忙家計，打工的方式通常是沿街叫賣枝仔冰或凹仔粿。他們可以一面賺錢一面在馬路上逛來逛去和吆喝，很好玩。我很希望家裡變窮，可以去賣枝仔冰，賣不完的可以自己吃。

富人家的小孩，不必做事就有零用錢可領，散赤囡仔可以打工賺錢，我們這些中等環境的小孩最可憐，沒有固定零用錢，也沒有賣枝仔冰的錢可以貪污，必須「討錢」才有。

討錢很辛苦也很沒自尊，要拉著阿母的手一直搖一直搖，還要死皮賴臉口中喃喃不停：「阿母啊給我一角銀啦。」很久很久才能討到一毛錢。如果運氣衰小碰到阿母心情不好或忙碌時，不但討無錢還會被斥責幾句。通常，小孩子討錢都是向阿母討，幾乎沒有人敢向阿爸討錢，那時代阿爸像雷公，是很恐怖的怪獸。

我臉皮薄，不敢討錢，所以小時候沒有零用錢。頂多頂多是當我哥哥向阿母討錢成功時，阿母看我在旁邊，順便也給我一毛錢。可是，阿母一轉身，哥哥馬上就把我的一毛錢借去。我這個笨戲碼一再重復演了很多年，每次看哥哥在討錢的時候，我就故意在旁邊裝沒事走來走去，藉機分一杯羹，但是那一杯羹最後都是被哥哥喝掉。

最羨慕那些賣枝仔冰凹仔粿的孩子，他們沿街叫賣，不須大人牽著，就可以在馬路上脫赤腳跑來跑去，而且，因為不穿鞋子，所以沒有臭腳騷。

男孩子入學以後要剃光頭，我們剃頭的方式，分店內和亭仔腳兩種。

理髮廳店內剃光頭要一塊二，老闆都是福州人，講話帶福州腔鼻音很重，剃頭的時候用掐掐掐的剪子，在我們頭上嚕來嚕去很舒服。另外一種便宜的方法是等剃頭攤子來，在亭仔腳讓他剃，只要八毛，這種方式雖然省錢，但是用剃頭刀剮頭皮很恐怖，而且要先用熱毛巾燜頭，再抹肥皂很難過。

有些孩子，知道隔壁街上有剃頭攤子來了（通常是玩伴通風報信），就騙他阿母說要去理髮廳剃頭，拿了一塊二，只花八毛錢去兩條街外解決，可以貪污四毛。這種勾當我沒做過，我膽小不敢，但是常常想。

我們班上有很多住在城中區的富家子弟，有進口臘筆和文具的、有在迪化街布市做生意的、有當大官當議員的、有在衡陽路開銀樓的、有在博愛路開綢布莊的、有代理日本電器的、有開醫生館的、有開西藥房的。那些有錢人家都有自用的三輪車，富家孩子不必生病就可以吃到蘋果。

蘋果是很貴的東西，我們普通人要吃蘋果必須破病注射，阿母才會在小兒科醫院門口的高檔水果攤買一顆蘋果來分。沒發燒的孩子只分得薄薄一小片，有破病有發燒有打針的才能吃大片，還要裝可憐裝可愛講話細細聲。所以我現在聽王菲唱歌，看馬英九被罵，常會想到蘋果。

阿信仔的家在水門邊開杉行，他阿公是成都路媽祖宮的廟公，他們家有錢得哭爸。信仔放學後不必賣枝仔冰也不必辛辛苦苦討錢，他阿母一天給他十塊，是我們普通人平均所得的一百倍。信仔的錢常常用不完留在褲袋，被佣人洗得糊糊糊，有夠無采咧。

西門小學旁有家文具行，信仔常常在這家店，買五毛錢帶有橡皮擦的鉛筆送同學。有時候信仔的錢剩太多用不完，就加強消費，送兩塊半的七紫三羊毛筆。

周守男的阿爸周日星先生，和我阿爸換帖，也是我乾爹。守男跟我同班，我這乾哥哥很聰明，他發明「送魚不如送釣竿」的理論，建議信仔要送就送有意義的東西。

守男哥邀請我們大家集思廣益腦力激盪，第一次會議就達成共識，以後信仔送的禮品要有建設性，必須能夠幫弱勢族群降低負擔，或增加工作機會。

會議 2.0 版有了進一步具體可行的方案。我們決定，由信仔投資十五元買一把鋒利無比的剃頭刀，讓同學互相剃頭。這樣，大家可以省下一塊二或八毛，又可貪污爸媽給的剃頭錢。

我們七歲就會貪污，也會五鬼搬運，還會竊佔民產。我家離學校最近又是開柑仔店，所以被分派任務回去偷肥皂。這是我二戰結束後第一次作賊，以現代的說法，這算是為黨國効力，盜取自家民產來貢獻幫派的行為，這種作法叫作大是大非，或稱為犠牲小我完成大我。

有剃頭刀，有肥皀，學校的水龍頭有水，擦桌椅的抹布洗乾淨當毛巾，我們的互助理髮廳籌備得大致就緒，可是，實際執行起來有困難。

互助專案試營運期間，因爲操刀的技術不良，有人頭皮受傷。

緊急開會檢討之後，有了新的結論和解決方案。我們認為剃頭是專業度很高的技術工程，這種工程不是人人可以經營，應該發包給少數特定具有專業技術的廠商。並且，必須讓廠商先利用公家資源和民脂民膏試做，提升專業層級。

因為是專業，所以這個特定的廠商就必須要有酬勞。我們規定被剃的人要繳兩毛錢，其中一毛錢給提供服務的廠商，另外一毛充作班費基金。如果隔壁班的同學也要剃頭，收費比較貴，要三毛。

特定廠商是阿德仔，阿德是左撇子，運動神經很發達，是躲避球選手又很會游泳，彈弓打鳥百發百中。由他操刀可節省工時，減少死傷。

那時代我們年紀小，不曉得公家專案有招標程序，所以守男哥哥推薦阿德的時候，大家就舉手贊成，沒有人敢提名第二家競爭廠商。

我們考慮得很周全，顧到勞方要提升技術層級，也顧到內銷與外銷市場的差價，又想到抽佣金拿來充實班費。只是沒人想到阿信仔花十五元買剃頭刀的投資報酬率，反正招商引資嘛，資金到位後，誰理會投資者是虧是盈。反正，信仔本人也不計叫什麼投資報酬率，他每天都有十塊錢的零用錢進帳耶。

阿德仔雖然手腳俐落，但是沒做過同類型工程，所以要練習。守男哥哥腦筋動得很快，他想到，人體有一種毛很軟很容易剃，就叫大家讓阿德練習刮我們的眉毛。

沒人反對，沒人上街頭抗議。

第二節上課時，班上有幾位剃掉眉毛的孩子很像蟾蜍，林蒼懋老師沒特別留意。第三節，很多像 ET 樣子的無眉光頭小人出現在一年乙班的教室時，林老師才知道代誌大條。

那回，沒有人受處罰。我忘了林老師怎麼處理那把摺疊式剃頭刀，也忘了事情有沒有驚動校長室。但是我記得，有幾位家長到學校來聽林老師解釋。

後來我讀完小學、中學、大學，到社會上工作，看到台灣經濟越來越好，很多人說那是經濟奇蹟，也有人說台灣錢淹腳目。

我的印象，1951 年台灣的經濟就有淹到眉毛的經驗了。

老三晚睡了一小時

花蓮是慢活城市，鳳林的生活步調比花蓮更慢。老三出生於鳳林，退休後住在吉安，生活單純，晚上八點多睡，早上五點多起。

我不是故意，但亂了他的韻律。

晚餐後，老三就問我要不要洗澡，我一杯水沒喝完，他問了三次。原來他們家平常洗冷水，如果我要熱水的話，三嫂必須專程到屋後去開瓦斯。

我說我洗冷水就好，叫他們別麻煩。老三覺得他如果不做些事就等於沒照顧到我：「老么，我先把你房間的冷氣打開⋯⋯。老么，要不要換拖鞋？」

我怕在客廳坐久了，會耽誤他們平常就寢時間，所以就趕快躲進房間。在房間裡可以看書也可以充手機。在房間裡講電話不會干擾到隔兩道門的主人，老三年紀八十了，耳朵重聽。

我在房間裡面，接台北叢老師掛來的電話，聊了約半小時，這期間，老三打開我房門進來四次，跟我練習手語和心電感應術。

第一次是拿礦泉水進來，我點頭致謝；第二次給我新的毛巾和牙刷，我掏背包給他看我自己有帶；第三次進來，拿起牆上的冷氣遙控器，要教我如何調整溫度，我用 OK 手勢回答，並把遙控器掛回去；第四次拿了一個手電筒給我，大概是耽心萬一停電的時候，我會怕我會哭。

老三一直把我當成樣樣需要他照顧的小寶貝。

半世紀多前 1966 十一月，在高雄大貝湖參加木章訓練的時候，我們八個人結拜，那時老三是花蓮縣光復國小的教導主任，我是大學三年級生。我們結訓分手

時，他有事，必須先趕回花蓮，怕我沒錢買火車票回台北，就託付一筆錢給老五月華。那次，我確實只帶著單程車票錢，就拎了背包闖到高雄參加木章訓練。

幾個月後，我湊夠車票錢去光復看他。老三正在上課中，我揹著背包在操場等他下課，同時和一位流連在溜滑梯旁的阿美族小男生玩。

下課鐘響，老三步出教室，看到溜滑梯上我們倆，又高興又生氣。

老三高興的當然是我到來，他生氣罵的是剛才跟我玩的小男生：「陳志強陳志強！你不要跑你不要跑，你今天早上到現在都還沒進教室。」

小男生看到老師，立刻轉身跑開到一個安全距離，就停下腳步。老三做勢要追，孩子就再跑開幾步，把距離拉開後又停下，那情形很像在棒球比賽中，盜壘者與投手之間的牽制拉鋸。

後來，老三放棄逮捕改為招安：「陳志強你不要進教室了，你帶那位大哥哥去我家，要有禮貌喲，那是台北來的喲！」後來老三說，怕我被那喜歡逃課的小男生帶壞。那年，我讀大三，小男生才小學一年級，老三居然怕我被帶壞。

我現在已經七十多歲了，還是被當小寶貝一樣呵護。

老三第五次闖進房間時，我已跟台北的叢老師通完電話，老三詳細對我解說免治馬桶沖水按鈕的用法之後，才放心去睡，比平常晚睡了一小時。

我熄了燈上床，想想，自己七十多歲了，還總是被當成樣樣需要人家照顧的小娃兒。

幾年前2015的二月，到紐約看姑媽，當時九十歲的小姑姑幫我把洗澡水裝滿缸，把牙膏擠在牙刷上才叫我去洗；半夜裡，偷偷過來拉棉被蓋我脖子三次，我裝睡。

今年2020初姑媽在睡夢中去天國和祖先們團聚，小琦妹妹說姑姑九十五了是高壽，叫我別傷心，可是我的眼淚還是像斷了線的珠。

每個月去陪阿姊吃飯，姊都會一一唸著菜名要我多夾些，只差沒叮嚀我多吃一些快快長高長大。

我熄著燈躺在床上，承認自己是倍受呵護的小娃娃。我想，小娃兒在黑暗中獨睡，都要哭才會像。所以我就哭。

清晨六點十五我下樓，老三已看完四份報紙：「老么多睡一會兒呀，我煮了一鍋稀飯……。」我說早餐吃稀飯我會胃痛，老三說：「那麼，我帶你去鳳林吃草仔粿和肉羹，到舞鶴去喝紅茶，到富源去買鳳梨，去蝴蝶谷樹林子午睡……。」

老三只花五分鐘，把他今天要吃的藥分裝完畢並戴好假牙，就開車帶我去五十公里外的鳳林。

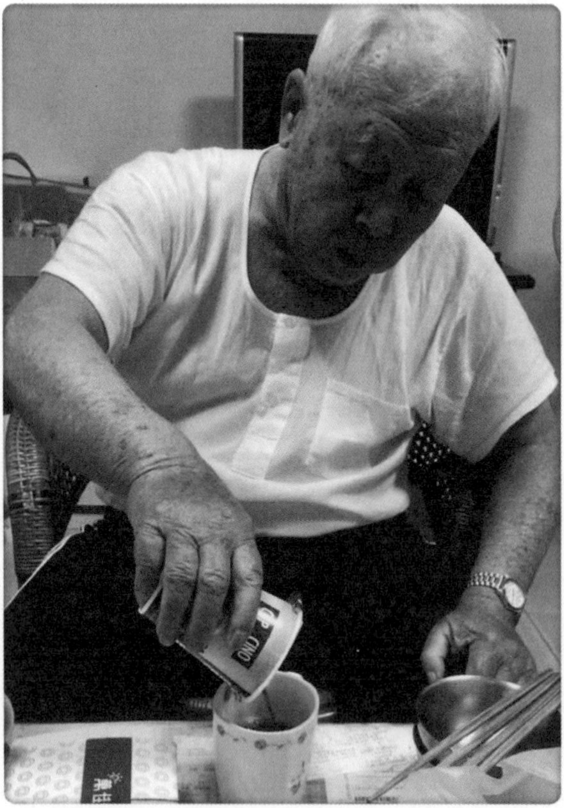

佐樣奈良大和大富

老三徐宏俊出生於鳳林，他童年的故居，在鳳林車站前的橫巷那一排日式宿舍，依然維持著幾十年前的原貌。

每次，我們去林田山或光復，都會專程去探望那已不屬於徐家的故居，並且拜訪住在隔鄰已退休多年的廖校長。正巧，校長的令弟是我在勸業銀行時代的老同事，所以我們又多了一層淵源。

我們在廖校長家泡茶，聊些陳年往事和舊友近況後，老三就會急著催我去大富，看他十幾歲時初任教職的第一家學校。

鳳林在日治時代是個頗具規模的移民村，日本政府從四國島的東部，有計劃地把德島縣（舊名阿波）的居民，集體遷移到這兒來造村。直到晚近這幾年，還時常有「灣生日本人」結伴到鳳林，來緬懷他們的誕生地，或訪問故友同窗。

老三的令先翁曾擔任鳳林警察局的副主管，在二二八事件時，收留保護外省人士，後來被誣陷為「扣留外省同胞」遭到逮捕及嚴刑。數年後雖獲釋，但已無人敢與坐過牢的政治犯交往。徐家離開鳳林遷往光復鄉最南端的大豐村山麓，種植香茅、鳳梨與花生，幾乎與外界隔絕，直至徐伯伯舊傷發作辭世。

老三是我結拜兄弟的老三，其實，在他們徐家是長子。少年期就帶著寡母弟妹在外界岐視下討生活。小學畢業後隔年，到大富國小當代課老師，也利用教餘時間修習教育課程。

光復鄉的大豐和大富兩個村，在日治時代是糖廠的「大和工場」以及農墾者的「大和農場」所在地。在戰後1960年代的全盛時期，是個繁華的街市，花東鐵路與公路都經過這兒，村裡有戲院、酒家、餐廳、學校、廟宇及商店街。台鐵的大和車站前後兩邊都非常熱鬧，鐵路西側的大豐村稱為「車頭頂」，東側的大富村稱為「車頭腳」。

歷經滄海桑田，糖廠停工了，人口外移了，大和車站改名後的大富車站，變成了無人的招呼站，但是站房被保存得很好，作為藝文展演場。

曾有逾千學生的大富國小，也終於在2014年的夏天，舉行過令人懷念的熄燈畢業典禮後，走上被裁撤的命運。

我們在車站喝水吃藥，老三指者沈校長提供展出的舊照片，一一告訴我：「這就是我上個月去台北幫他處理後事的王校長……最右邊這一位現在是植物人……。」其他的……都跟沈校長夫婦一樣，去天國了。

老三在那些相片前，默默站著凝視了半個多小時：「走，老么，我們去看學校校園！」

莎喲那啦，大和。

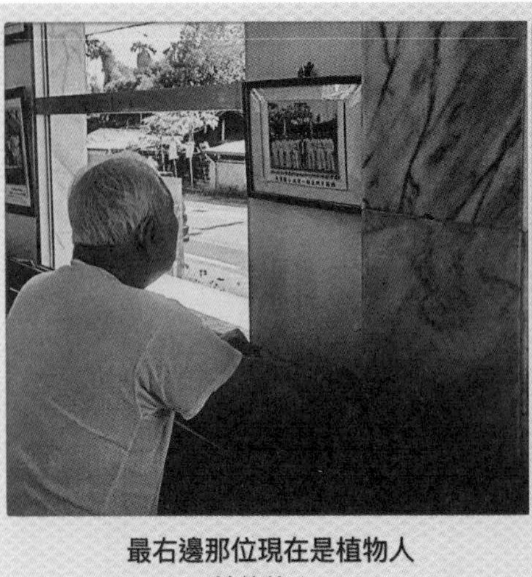

最右邊那位現在是植物人
其他的……

沈校長和夫人都走了
他們最後住在明禮國小後面

馬里馬棱

玉里舊名璞石閣，是花東鐵路的中點站。瑞穗舊名水尾，是位於玉里以北兩站的著名溫泉鄉。瑞穗和玉里之間有個小站叫作三民。

1970年我任職中華紙漿公司伐木課。紙漿廠在吉安，伐木課在三民，我服務的地點是卓溪鄉紅葉溪上游的林班。

我們去山上，必須先在三民街上伐木課的宿舍睡一晚，隔天清晨再搭材車上山。說是三民街上，其實只是公路邊一側約有十戶的連棟矮房。

那時候台九線縱谷段沒鋪柏油，路面晴天黃沙，雨天泥濘。所謂搭材車，就是一大早空車上山要去運木材的卡車。

出了三民街上兩公里就是入山檢查哨，材車必須停車受檢。那年代平地人沒有入山證不能進入山地鄉。

山腳邊崙山村是布農族部落，立山村是泰雅族，至於阿美族則住在平地或海岸側。

空材車在檢查哨停下來時，就會有在那兒等候多時的原住民（那時候叫作山胞）跳上來搭便車，他們都是要上山工作的（狩獵或濫墾）。

卡車的前座可以坐三人，稍微擠一下四人也OK。

前座比較舒服，後面的車斗沒椅子而且顛簸。我是中華紙漿廠的職

員，算是高級幹部，所以前座除了司機與助手之外就是我的特權。如果公司職員有兩人的話，前座就擠四人，或者卡車助手自動到後面車斗去。

有一天，上了車後，助手很熱心地教我：「喂，大學生，待會兒到了檢查哨，你挑一位比較漂亮的山地小姐，邀請她來前座，跟咱們坐在一起。」

前座舒服，被邀的人當然會很樂意入座。助理又教我一句山地話：「喂大學生，你跟漂亮的小姐說馬里馬梭巴拉梭……」

劇情果然如預期演出，我們果然挑

了一位很漂亮的山地姑娘，她也欣然接受邀請，坐到前座來。

唯一的意外之處，就是當我很流利地說「馬里馬梭巴拉梭」時，那位小姐非常生氣並且罵我「不要臉！」

到現在，我還不知道那句話是什麼意思。

迎兵記

終戰那年1945，阿爸從艋舺徒步二十六公里到基隆迎接草鞋步鞋兵。出發前有人分發新國旗並叮嚀不能喊「蠻在」，現在改成要喊「芋粥煮熟摻土豆仁（我們都是中國人）」。幾個月前聽天皇御音大家哭得如喪考妣說敗戰降伏，現在歡欣鼓舞說光復。耶！變成戰勝國國民，這個國旗換得好。

九年後1954，換我們小學生去迎兵。國旗沒變地點變，不必走去基隆，排隊站在我們校門口的成都路邊就可以。老師說偉大的反共義士要從韓國回來了。

我知道偉大是什麼（偉大就是蔣總統），但不知道韓國是什麼地方。

我知道回來就是回家，回家是很快樂的事。去南洋作兵的阿溪叔戰後回到埔頂的家，他阿母又哭又笑高興很久。所以我小小的心靈很快樂，因為知道有一萬四千個家庭要團圓了。

可是後來漸漸長大，知道那些反共義士的家鄉並不是在台灣，好像不該用「回來」兩字，應該說要反攻回去才對。也許有些人終其一生在台灣獨身，變成台獨大老，也許有些人後來在台灣成家，總之，說他們回來，怪怪的。

小朋友揮舞國旗，也要唱歌，我現在還會唱：

頭可斷血可流，誓死爭自由。
反共產反極權，敵慨復同仇。
從國內從海外，到大陸敵後。
中華兒女齊怒吼，齊怒吼。
我們是黃帝的子孫，
絕不作奴隸的馬牛。
我們要追隨總統，

光復我大陸神洲。

忠貞團結，英勇戰鬥，
消滅朱毛，掃盪俄寇。
不得自由不罷手。
忠貞團結，英勇戰鬥。
消滅朱毛，掃盪俄寇，
不得勝利誓不休。

不曉得反共義士會不會唱？他們隊伍從城中區出西門口，沿成都路向西過了我們學校前，到康定路右轉不曉得往哪裡去。

我想，他當天應該在行進隊伍中吧？一萬四千兵當中有個小伙子姓趙，四川人。迎兵的簡小弟和被迎的趙哥哥，1954 年可能有互相揮手過。

趙哥哥原本在四川讀中學，讀著讀著，國旗換了，青天白日變成五顆星。老師講的和村里那些大人講的，什麼是對什麼是錯，誰是好人誰是壞人，跟從前不一樣了。

新的東西講一百遍一千遍大家都這麼講，就變成金科玉律。趙哥哥跟著時代主流歌頌工農，批鬥地主商人走資派，批著批著越批越熱血澎湃。

直到有一天，堂哥不曉得從哪兒聽來，根據可靠的消息說，明天起大夥要批鬥咱們了，因為我們家裡以前做過生意，所以現在變成十惡不赦的走資派，如果不趕緊逃掉，穩被鬥死。

連夜倉惶離家的趙哥哥，就此走向一世飄泊。

流浪到城裡一段時間，進了黨的醫校，再一段時間，被穿上解放軍制服去抗美援朝，故鄉越來越遠。

離家千里的年青醫護兵，身上挨了五顆子彈，變成美帝戰俘營中的傷患。下一幕又變成頭可斷血可流誓死爭自由的義士，「回到」離鄉更遠的台灣，在遊行隊伍中，和路邊舞著青天白日滿地紅旗的簡小弟相互揮手。

念過書又受過傷，可以不必下部隊，所以趙義士被指派去台中農學院（後來的中興大學）讀森林系。

聽不懂閩南語也不會講客家話，森林系念完了，在台灣林業界沒辦法混。這輩子沒招誰惹誰，無奈命運都不是自己能料。

共軍醫護兵？反共義士？台中農學院森林系高材生？神學院學生？

難道是老天爺自有安排？趙義士在美軍戰俘營時，與一位美籍軍中牧師很談得來，一萬四千名反共義士到台灣沒多久，這位軍牧也隨著美軍顧問團調到台灣。離鄉背井的青年，就在這機緣下進了神學院。

趙義士變成趙同學又變成趙牧師，娶了客家籍牧師娘在新竹芎林紮根，三個女兒之後，趙家唯一的小男生報到。

人家馬英九有四個姊姊，所以被栽培成總統，趙家小男生只有三個姊姊，沒總統命。趙牧師在兒子還沒念完小學時，被教會派到芝加哥，於是，全家就變成美國籍，拿星條旗。

小男生長大變成大男生，到外州念大學，這小子，畢業後把他愛荷華大學的女同學，我上輩子的情人這輩子的女兒帶進了溫馨的婚姻路。

很少有人像這小子一樣吧？老爸和岳父都念森林，但都沒走林業。

2014 年三月，我和親家公趙牧師在洛杉磯往墨西哥的遊輪上，聊著人生際遇難料，你猜，他一定會說那是上帝的主意。

是不是這樣，且把答案留給我們共同的寶貝孫 Amanda 和 Andrew 囉。

2017年九月的一個上午，也是在洛杉磯，我與親家趙牧師聊起1954身為小學生，在台北街頭迎接從韓戰美軍戰俘營遣送來台的一萬四千名反共義士。我笑著說：「我們必須在幾個禮拜前就學會唱反共義士歌，頭可斷血可流……。」

親家說：「我也會唱！我們在出發前，台北就派人來韓國教我們了。」

趙光勝和簡永光的故事

趙 1932 生於四川

簡 1945 生於台北

趙：中國解放軍醫務士兵

簡：中華民國空軍氣象官

趙：韓戰身中五槍為美軍俘虜

簡：高中時愛打架被留校查看

台北初見面不認識

趙：反共義士到台灣

簡：小學生迎接義士

趙：保送中興大學森林系

簡：考取台灣大學森林系

趙：進修神學院成為牧師

簡：外商銀行臥底四十年

趙：主持芝加哥路德教會

簡：浪跡五大洲財經輔導

趙：兒子明恩讀愛荷華大學

簡：女兒奕絃讀愛荷華大學

二度見面芝加哥

趙：男方主婚人

簡：女方主婚人

一家親

孫女遠馨 & 孫兒遠威

麻布袋

我喜歡巷子口這家咖啡店，用進口咖啡豆的麻布袋裝飾牆面和桌面，別有一番情趣。

上個月，我想用麻布剪成小片，墊入花盆底部，可防土壤流失又方便排水應該不錯，問店主可不可以賣個麻布袋給我？他很客氣地說，很多客人都喜歡，但是很抱歉，他不是進口商，袋子是向大盤商特別情商要來的。

好吧，買賣不成仁義在，我風度不錯，沒因為買不到麻布袋而屁臉，還是常來喝咖啡。

可是心態改變了，吃不到的葡萄越看越酸。我喝咖啡時又犯了靈魂出竅的老毛病，開始想麻布袋有啥好？拿來作內衣內褲刺刺的會扎皮膚。

從前媽過世時家裡散赤甲欲乎鬼掠去，三姨用麵粉袋縫內衣褲給我們穿，那時候的麵粉袋都有美援圖樣。阿爸有條內褲屁股上是青天白日滿地紅和星條旗交叉，旗下兩個大手掌相握，褲子正面標 **40** 公斤，阿爸內褲很酷。

麻布袋有什麼好？披在身上像孝男，裁一小片別在衣袖表示家裡有死人。死人樣子很可怕，我們小時候路邊有人被車撞死或河邊有人淹死撈上岸，都是蓋麻布袋圍草繩很恐怖。

其實，死人不會嚇人害人，只有活人才會嚇人害人。

我大學時喜歡露營也常到山上河邊單獨露宿，年青時，氣很旺，不怕黑暗不怕鬼，不像現在老了無膽又龜毛。

有一夜，在郊山流連到天快亮，睏得要命躺進芒草堆倒頭睡。我很聰明，特別挑選遠離步道的隱蔽處，免得天亮後被登山者吱吱喳喳聲吵鬧不能安眠。為了預防太陽出來後強光刺眼，我就脫下大學外套蓋臉及上半身，可以避免蚊子在耳邊嚶嚶嚶，雙手縮在外套內抱胸不會被蚊叮。我很聰明吧？

天色矇矇亮，遠處步道還是有登山者的吵雜聲，我累得要命不想理會，可是偏偏就有人放不過我。

稍帶稚嫩的年青驚呼：「哇！死人！」接著，是中年成熟故作鎮定的沙啞顫抖聲：「你不要偎去你不要偎去！」

我睏得要命只想靜靜多躺一下下，能休息多久算多久。心裡盤算等他們離去報案時再起身走開。可是沙沙腳步聲告訴我，這傢伙居然不去報案，還要過來檢視。奇怪吶，就算被他誤認成屍體也該先去報案呀。討厭，死人有什麼好看？

踩芒草的腳步聲斷斷續續而且越來越慢，這廝明明害怕還要過來幹嘛？我心裡暗念著去去去，快滾開去叫警察，好讓我趁隙離開。

這廝折了根小枯枝丟我身上，很討厭，我靜止不動忍著他不跟他計較。也許他會在我旁邊觀察一會兒再去報案吧？

腳步聲又靠近，在我頭邊停了下來。時間凝結兩三秒，我想如果這傢伙用腳踢我的頭，那豈不衰小無地討。

當機立斷，我用仰臥起坐的姿勢猛然起身，只差一點點沒跟他俯下來的臉撞個正著。

我揚開外套的動作如鬥牛士般優美，上半身坐起的速度如白雪公主被王子吻醒，刺眼陽光灑來如天使降臨，那廝的淒厲尖叫聲如鬼哭神號，連滾帶爬的狼狽姿態如逃離災難現場。

我不知道那傢伙有沒有尿濕褲子，也不知道他的內褲是什麼牌子，他邊哭邊告訴我：「哎喲！你嘛卡好心咧，輪下輪會下鼠輪內。」

我贊成。他的意思是說，人嚇人會嚇死人。

冷手驚魂

前幾天去回診時，李醫師說針灸對腰傷功效顯著，問我怕不怕？

我欣然接受。

李醫師跟我閒聊說，曾經有位女病人又怕又堅持要做，醫師一問再問確定病人真的下定決心才肯動手。結果針還沒扎，只是手碰觸到肩膀她就昏了過去。

我沒有昏，趴在針灸床上難免又靈魂出竅回到大學時代1966年。

那時辦露營，總喜歡在營火結束後加演一場黑夜追蹤。金山營地旁邊有亂葬崗，我們當然把追蹤路線佈置到墳地去。

各小隊出發前，營本部的幾位服務員先到半路上扮鬼準備嚇人，可是成功率不高。一小隊男男女女八個人作伴，誰會怕那黑漆漆大樹幹垂吊下來隨風搖曳的雨衣？隊員嘻嘻哈哈打情罵俏，誰會怕那草叢間猛然竄出來大聲尖叫的笨蛋？

我和蘇成宗瞧不起這種B咖的幼稚招數，沒嚇到女生反而成為那些C咖男生英雄救美時活逮的惡龍，不但漏氣也顯示主辦單位段數不夠。

阿蘇和我當然是A咖，大師寶劍不輕易出鞘，一旦出手，不見屁滾也要叫他尿流，才算真功夫。

常有朋友問，你們這些A咖年輕時風頭健，一定迷死很多小女生吧？答案是迷得到吃不到。我們這些偶像級的，忙著在檯面上風光，自我感覺良好，女生雖然崇拜，但都被在基層臥底的C咖瘸三泡走。

哲學系就有一個很討厭的C咖常常報名參加我的活動。這廝並非真的喜歡野外活動，而是專來藉機吊馬子。那狗嘴成天掛著雨果卡夫卡，勾引良家少女，我一直想找機會送他一頓粗飽。

我是大學生不是流氓，只是覺得教訓哲學系最好用武力，所以一千多顆飛彈時常瞄準這癟三。

那時代，流氓雖然分級，但不稱ABC而是甲乙丙。甲級流氓以打打殺殺為專業，像我哥哥艋舺後菜園簡仔，十七歲就被桂林路第二分局提報為甲級流氓，十九歲砍死芳明館老大被判無期，關到三十二歲才出來。

我哥沒當兵，但全身刀疤和刺青令古意郎看了發毛。我練過劍道，但在哥眼底下是三腳貓。我大半輩子領銀行薪水繳所得稅，對國家貢獻遠不及哥豢養警察的小數點後面幾位。

乙級流氓不是指武功稍弱，而是身份證職業欄有填幾個稍微好看的字，像工呀商呀攤販等。看起來好像另有主業，當流氓只是偶爾客串的副業，不小心被警察抓到，而留下壞記錄。

丙級流氓最厲害，通常用來提報黨外議員或里長，說他們魚肉鄉民囤積物資。

時代會變，稱呼會變，但江湖規矩不變。現代政治生態中A咖的風雲人物有知名度有空氣票，當選風光，落選出國。B咖不必打十八銅人，只要捧好A老大的爛葩，就有副首長或主任或公營事業可撈可混。

C咖永遠最厲害，不屑在檯面風光，只要顧好自己的樁腳，天空變藍變綠不影響收成。

思緒飆到C咖我又有氣。像我跟蘇成宗這樣的A咖，辛辛苦苦帶營火歌舞又佈置黑夜追蹤路線，到頭來只為哲學系那癟三打造泡妞平台。

哥兒倆徘徊墳堆，找尋理想的做案現場，腦力激盪苦思宇宙間最夭壽的嚇人步數。必殺絕技還沒想好，第一小隊的嘻鬧聲已漸近，阿蘇跳進前面不遠處約莫腰深的乾溝率先躲藏，我也跟進。

兩兄弟窩在乾溝內，上面有木板橋遮著不會被逮。我們靈感還沒來，寧可不動聲色讓前面幾個小隊先平安走過，最後只要嚇到人就算成功。如果從頭到尾沒靈感不出招，也不算漏氣，論語說人不知而不慍不亦君子乎。

每隔幾分鐘就有一隊走過我們頭上木板橋，我們隱藏功夫做得很好，沒被發現，但是不好玩。

雖然利用隊際間隔可以抽菸，然而秋夜空氣越來越冷，我們穿短袖手臂發涼手指有點僵，溝中小黑蚊不怕尼古丁只喜歡人類的脖子。

小隊走過時，我想透過木板間隙偷看女生裙底風光，但是太暗看不到，不幸卻發覺原來乾溝上的橋是人家撿骨後廢棄的棺材板。還有，不曉得是蜘蛛還是毛毛蟲，像傘兵一絲一絲垂降，討厭。

我以為某個小隊已全員離去，所以舉手向上揮了揮蜘蛛絲，沒料到隊伍後面落單的一男一女正悄悄漫步而來。那女生可能感覺到棺材板橋下似有什麼東西而低頭想看個清楚。

就在那同時，我起心動念想道；也許橋面上有些雜草是蜘蛛溫床，所以很自然地把原來要揮除蜘蛛絲的右手，改成探向橋面摸索，以便清除雜草。誰知我冰冷的手摸到的居然是女生溫暖的腳背。當時我覺得怪怪的，不知那滑滑暖暖的是蝦咪碗糕，所以順著向上多摸幾下才知道是人腳。

我嚇了一跳沒叫出聲，那女生嚇得比我更厲害，也沒出聲。我是呆了，她是腿軟了。

不知情的男生扶著突然癱掉的女生蹲下來的那一剎間，我和蘇成宗同時探出頭來，跟這傢伙三面相覷。橋上兩隻眼睛睜得圓圓，嘴巴張得開開，旁邊阿蘇臉色一副詫異相，我一則耽心昏倒的女生不曉得嚴不嚴重，二則痛恨遺憾那男傻瓜不是哲學系的瘋三。

算是我瞄了很久的飛彈，無意間誤射吧。

可見光譜內的價碼

從前我有個朋友，標到某個窮縣的垃圾焚化工程總價九千萬（超過一億的工程要省政府干預，縣長不好做手腳。）那個現在已經跑路到境外的狗官縣長向他硬要八千萬回扣。

我問朋友，給了回扣之後你只剩一千萬怎麼蓋？擤鼻涕糊個豆腐渣工程也不夠呀。朋友無奈說，不給紅包就拿不到工程，而且不能偷工減料，否則會被縣政府送去恐龍法官那邊判刑，搞得身敗名裂，肥了司法黃牛。

我問，那怎麼辦呢？要不要棄標呀？朋友笑我白痴，反問我念到大學畢業幹到外商銀行經理，有沒聽過「明年追加預算」這六字箴言？

我很聰明一點就通，馬上聯想到讀森林系時，國有林班標售的情形。明明公開底價是一百萬，為什麼得標的伐木商願意出四百萬承購？

「公開底價」這種杜絕舞弊的做法，不曉得是哪個真知灼見的偉大政治家設計出來的德政，能夠有效防止官員拿紅包洩露底價，也可阻斷不肖業者圍標搓圓仔湯壓低價金，最後幫國庫多賺三百萬。

從前還沒有公開底價制度的時候，政府有林班要標售，都會把底價當成最高機密，不讓「有意承購」的廠商知道。廠商在「不曉得政府要多少錢才肯賣」的情況下，各憑本事去估算這個林班的木材價值有多少，把自認為可以接受（值得買）的金額寫在標單上。出價最高的伐木商得標，如果參與投標的伐木廠商少於三家，或標金都低於底價，那麼這次就算流標。

政府設定的底價是怎麼算出來的？那簡單，來自標售林班之前的調查。先搞清楚這個林班之內有什麼樹種和有多少蓄積量，再乘以市場上的木材價格就知道整個林班的原木至少該賣多少錢才划算，這就是「底價」。調查木材蓄積量的方法有很多種，最精確的方式之一是「每木調查」，就是派員一棵棵樹去量。我們學生時代暑期打工，常常上山做每木調查，很辛苦很好玩。四五個人全副武裝排成橫線，從山澗往陵線一路地毯式測量上去，再從山頂上一路量下來。回到工寮後，先處裡荊棘刺傷和螞蝗咬傷，吃過晚餐洗過澡後，就在燭光下翻閱材積換算表，整理當天的戰果。

其實，每次政府標售林班，很少流標。有意標購的伐木商，先打通林務官員探得底價，再邀集另外兩家（他們早已註冊登記好幾家虛設商號）陪榜，如果機密底價是一百萬，陪榜的兩家各出價八十五萬和九十二萬，低於底價資格不符宣告出局（這叫作圍標），最後由出價一百零一萬的廠商得標。如果有不識趣的競爭者參與投標，那麼就給他一些錢，請他手下留情出價低於底標自動出局（這叫搓圓仔湯），或是用黑道手段威脅他，或是談妥輪流做莊。反正敬酒罰酒，天下沒有解決不了的事情。

有資格參加標購林班的人，除了登記有案的伐木商之外，讀過大學森林系的肄業生（不是畢業生）也可以。我們學生時代就出借過幾次身分證被拉去參加陪榜圍標，每次賺五百塊圓仔湯費。那時代，當家教的行情是一個月三百，我們森林系學生出賣人格很肥。

出價稍高於底價而得標的廠商，可以在規定的期間內和劃定的區域範圍內進行伐木作業。但是載運出來的木材必須經過山腳下檢查哨的檢驗放行，而且政府有個很奇怪的規定，就是多採要補錢，少採活該。

假設這個林班調查出來的蓄積量是三萬立方米，根據檢查哨的放行記錄，伐木商只採運出兩萬四千米，算你學藝不精活該倒霉，政府不退你錢。如果運出山的木材超過三萬立方米，那麼政府容許你在「針葉木 10%，闊葉木 20%，枝梢材無限免費。」的範圍內無須補繳費用，否則，超採的部份就必須多繳錢。政府這種包贏不包輸的規定，看似為民把關，廠商可憐兮兮，然而，得標商最後真正運出來的木材價值，通常不會虧本。

為什麼廠商穩賺不賠？一來是買通每木調查，壓低蓄積量；二來是打通關節取得底價金額；三來是用稍高於底價的金額進行圍標；四來是行賄「檢尺官」和檢查哨人員，短報放行數量，免除補繳價金。在千奇百怪的盜林招數中，最忌諱的是越界砍伐，這在航測圖上很容易被看穿，而且在分贓不均或惡性競爭時很容易被修理。越界開採的奧步數，是我們的父執輩沒有航空測量時代的遊戲，輪到我這一輩上場時已經落伍不流行了。

1965 我讀到大二的時候，教伐木運材的老師說，政府為了要消彌機密底價政策所衍生的弊端，現在改採用公開底價的做法。這麼一來，不可能再有故意寫出低於底價資格不符的陪榜圍標和搓圓仔湯。

新的政策下，不可能再出現赤裸裸一百零一萬的得標單，公開底價會引來劇烈競標，甚至飆到四百萬。雖然我們出借身分證賺五百元的機會沒了，但是看到國庫多進帳三百萬，我們身為熱血青年也為這種德政感動不已。

當我五體投地，向學長歌頌這項新政策時，學長笑笑說，用胳肢窩想也知道這個林班的蓄積量起碼值兩千萬，只有官方每木調查報告算出來是一百萬，伐木業者忍痛出四百萬標購林班，溢價三百萬捐注奉獻國庫，奸商變成愛國商，狗官榮獲勳章變成清吏。

我聽學長分析，才知道原來商場官場很奸詐，但是心中有個疑問，伐木商如何把真正價值兩千萬的木材順利運出來，又不必補繳價金？我怕學長笑我笨，所以不敢問。畢業後，我自己到林場工作，就自然而然開竅。

我所服務的紙漿廠，為了取得木材原料，所以就設了個伐木課，專門用來標購林班。我考上紙漿廠後被分派到伐木課，又被課長派到山上林班，每天穿著牛仔褲、陸軍上衣、戴膠盔、打長條綁腿、膠底布鞋，腰纏 S 腰帶，掛著便當、水壺、腰刀、遮雨塑膠布，清晨天還沒亮就出門，傍晚天黑才踏回工寮。

我不必拿鏈鋸斧頭，我的道具是摺尺和空罐頭裝白色油漆，見到工人伐木截斷後堆在林道邊的木材堆，就編號、記錄樹種、長度和末口直徑。這無聊的事情叫作「檢尺」，檢尺以後晚上在工寮計算材積，隔天帶著林務局的官員上山檢視昨天的成果，官員核對無誤後，就用手中的榔頭在原木斷面用力敲下印記，榔頭鐵鎚上有類似鋼印的刻痕，敲鋼印叫作「放行」，有放行印記的原木，才可以裝車運下山。否則，如果被山腳下檢查哨或公路上的流動稽查員抓到車裡有未蓋放行章的木頭，算是盜伐，罪很重。

政府派到山上檢尺放行的傢伙，官小權威大，手持放行槌好似尚方寶劍，隨時槌不離身，比我們哥哥爸爸還偉大。我們這些民間伐木業者的職員，作兩種任務分組，會打麻將的，陪官員打牌讓他贏，酒量好的一組負責讓他醉。我們趁官員贏錢正爽或喝得正茫時，藉口幫他保管尚方寶劍，偷了放行槌摸黑上山，把路邊原木段一一敲遍。

白天，運木材的卡車上山時，我們趁官員沒注意，趕快先將昨晚偷蓋放行的好樹種好原木（製材價值較高）裝入車斗的下層，上面鋪以不必付錢給政府的枝梢材。這一車算是幫國家清理山林廢棄物，運去做紙漿，是愛國廠商對政府的無償服務。藏在車斗下層的好木材，則進入我們的製材廠，比枝梢材絞碎做紙漿還好賺一百倍。

這種清理廢棄物的勾當，用起來很好玩。

1964 年我進大學時，一立方公尺的檜木大約台幣一萬，砍下一棵千年檜木約可截成幾段合計四到六立方公尺。到我大三時，環保意識抬頭，檜木價格飆漲到一立方公尺接近百萬元。後來政府就禁止砍伐檜木原始林，除非是有特殊理由像國防或其他重要目的，才可專案核准砍伐。這不叫伐木，這叫清除障礙木。

我畢業那年，報紙上說中央山脈某處發現金礦，後來又說雪山某處發現寶貴的雲母礦，某某公司申請到礦權要進行開發。後來每隔幾年就有類似的新聞，隨之又無聲無息。那時我已經轉業到銀行，沒再接觸山林業務，有一回，與留在森林系任教的老同學聊天，我說台灣真是寶島，中央山脈蘊藏很多珍貴礦物，可是不曉得為什麼總是開採失敗，常常礦權易主？同學哈哈大笑說，老簡你怎麼那樣天真居然以為他們真要開礦？那些傢伙申請礦權只是幌子，拿到礦權後就要開路進山採礦，他們把採礦道路規劃在檜木蓄積量最豐富的線上，再用清理障礙木的特殊許可，把檜木砍走就宣布資金不足採礦失敗。隔幾年換另外一個投資人名義接手，規劃另一條路線再清除障礙木！

後來，看到龐大國防預算採購飛機船艦，我就會想到，後續維修保養訓練與耗材更嚇人。「可見光譜」之內的採購成本，或許只是九牛露給本屆議員審查的一小撮毛而已。

我不是很聰明的人，但是很聽話。醫生說不要斜躺在和室地板墊著枕頭看電視，我就買矮腳鋁架帆布摺疊椅，保護老人家的脊椎骨。醫生說不要用塑膠瓶子裝水，我就換成玻璃瓶。

玻璃瓶裝水很重，老人家手臂力量還 OK，我在菜市場買九十元的瓶子，質感不錯，算是物超所值吧。我把熱水爐、玻璃瓶、濾水器、咖啡爐都放在和室房間角落。在這兒泡咖啡、泡南非國寶茶、泡花旗蔘。我的帆布摺疊椅和矮桌在這角落構成專區，我把這個專區當做看電視的休閒基地。

這基地不錯，孫子們回來時喜歡亂動小東西，基地有帆布椅作屏障，比較安全。孫子沒回來時，我孤守基地可以一面監視電視名嘴有沒亂放炮，同時可順手補給後勤。老兵基本訓練很純熟，倒水或填咖啡粉時小心注意轉身動作，還不曾閃過腰。

基地左手邊有電源插座，孤軍戍守要塞時可同步使用熱敷墊、刮鬍刀、充平板電腦、充手機。這基地防衛性裝備齊全，不必謊稱女童軍送國旗的虛構故事，單靠壯士簡團長一人，可以守很久。

今天接近中午時，簡團長擅離職守去尿尿，回基地還沒坐上指揮座，就站在椅邊，上半身前傾，去提位於角落最裡層的玻璃瓶。一時沒計算玻璃瓶裝滿水的重量係數。哈哈（其實是哎喲）腰椎接近尾椎處好像遭到恐怖攻擊。兵貴神速！十分鐘內到達順安堂求援，李醫師說要每天來推，大約五次可以好。你知道嗎？推一次兼貼藥布是兩百元，五次要一千元。我現在腰不能彎，站著走著腰桿挺得比大官還直。我想，或許可以考慮下一屆參加無黨籍的民調。

其實我的競選公職的意願不高，我怕對手會攻擊我說，簡某某採購玻璃瓶當初報價九十元，後續治療費用巧立名目一千元，這種人，表面看來腰桿很挺很直很正派，但是尾椎有隱疾，尿失禁時會棄守陣地，如果讓他當官一定是蠢蛋狗官。

那年他陪我進妓院

閩南語稱妓女戶為踼桌子間，我們小時候有兩種合法的踼桌子間，一是寶斗里和江山樓，進去交易完就走的綠燈戶，門口綠燈上有直排紅字寫萬春園或杏花園之類的店名，一次十五元。另外一種是新北投的應召站，以電話號碼相稱，如214或417，再以摩托車限時專送到溫泉旅館，比較貴，約五十元。踼桌子間在電話黃頁的分類叫「樂戶」，沒寫店名，載的是店主姓名。

小學五六年級時，早熟的同學愛講這些老師沒教的事；初中高中時代比較大膽好奇，敢跟同學去逛寶斗里，但只是在巷口遙望那些燈光和倚在門前輕喚「來坐」的女郎。有幾次大膽快步走過店門，心中噗噗跳，很怕被一把搶去上衣口袋的鋼筆或戴在頭上帽子，而被迫不得不進去。有經驗的同學，會交待我們：「前面這一家就是啦，鋼筆和帽子要顧好！」

真正進妓女戶是1965三月，大一下學期。

比利時籍的藍寧神父在艋舺主持西園路天主堂，我們一大票羅浮童軍常在藍神父那兒聚會。有北六團的陳伯安、北九團的蘇成宗、北十九團的黃雅弘和劉光輝、三十六團的張戴德寇紹昕、三十九團的游祥鏗曾華山孫成蘭等二十幾人。

我們認為，童軍團應該深植社區而不是寄生在學校中，所以決定在西園路天主堂辦個社會團。比我們大幾歲已經會賺錢的鄭弘志、張歐元、吳岱勳、王尚仁、殷正言和藍神父六位當團務委員，每人每月各出五十元，登記為台北市第七團。

我們沒滿二十三歲不能當團長，所以請王尚仁介紹一位音樂家謝先生當作掛名團長，實際組團帶團的重責大任，由副團長陳書楝一肩挑。書楝選定我為見習團長、寇紹昕為教練、黃種瑜為聯隊長。

書楝個性木訥，做起事來認真踏實，他教我如何主持團集會、訓練行義童軍、舉辦露營活動、建構榮譽裁判庭，他自己總像是默默疊磚塊的奠基者，讓我這毛毛躁躁愛出風頭的傢伙享盡台上風光，還把我送去接受木章訓練。

北七團收的是艋舺老社區的青少年，我做家庭訪問時，才知道團員家中有開棺材店的、有做和尚衣的、有當流氓的，其中有一位團員家中開踢桌子間，我不敢去，拜託書棟相伴才完成家長訪談。

大三時開辦台北市 123 團，設在台大校園，我擔任複式團長、陳盛雄為羅浮群長、林紹宏帶行義團、林宗義帶童軍團、江淑嫣負責幼狼團。那時書棟在服兵役，一有休假就趕回台北幫忙，他退伍後從金門娶了素蓮回台灣。

後來，我們籌組露營協會，書棟仍是默默地疊磚砌牆。我和盛雄、伯安、成宗、紹宏、光慎等人在檯面上風光，書棟沒擔任理監事，可是，會所會務總是非他打理不行。

總是那麼勤勞樸實善良，默然奉獻。書棟在大同服務站工作，精湛的電機電子手藝，讓所有的朋友無論在社團活動或家居生活中都享盡便捷。

1975 年後，我住溫州街，書棟在附近開了麵館。老友成了鄰居，他的一對子女正勛和惠珊與我的三個孩子一同成長。

相交半世紀多，從沒看過書棟疾言厲色，也沒聽過他激情言辭。唯一沉著臉對我講過的重話，是1966說：「你上星期斥責黃種瑜很不留情面。」到現在我還深深感受那不怒而威的眼神，也警戒自己與伙伴相處不能太狂傲忘形。

書棟去美國多年，彼此連絡較少，幾次他返台時，我正出國而沒見到面。2016年秋天，光杰慧娟夫婦邀聚餐，總算與他在台北把臂暢敘。

之後，臉書就消彌時空障礙。每次我po文後，總期待看到他按讚。書棟沒讓我空等，而且從他留言中，傳來很深很深的老友摯情。

隔年的大年初二，蘇威宇返台，我跟淑卿威宇母子去看蘇成宗，一如六年來的習慣，在阿蘇墳前點了兩根菸天人共享，回家後在臉書 po 了張照片。

遠在紐澤西的陳書棟按了愛心貼圖，留言說看到蘇威宇的側影，還以爲蘇成宗回來了。

2017 元宵隔天，我在旅途中，慧娟通報說書棟在紐澤西家中房間內跌倒昏迷送急救，我講完課回到旅館房間又接到後續消息，醫生說腦內嚴重受傷，開刀後會是植物人，素蓮與孩子們忍悲同意拔管。

哥呀，休息一下就好，到了那邊記得告訴我，新的臉書帳號，我還是等你按讚，說不定哪天咱哥兒倆再相揪去訪問踢桌子間。

咪咪擠滿

老一輩教我們，進傳統日本食堂如果不會點菜的話，就挑編號第十八的餐準沒錯。日本人喜歡把店內最得意的招牌料理，列在菜單第十八號。

我不挑食，不喜歡自己點菜，也沒有實際檢視過現代餐館是不是真的還把招牌菜列在第十八號。但是老師告訴我們，日文的「十八番」有兩種讀法，當你念成じゅはちばん時，是單純指 number 18，如果念成おはこ的話，意思就是「得意之作」。

十八番念成 O-ha-ko，可能指真正的壓箱寶（例如「家内の十八番」是內人的拿手菜），也可能是嘲諷人家耍弄老招數（例如在卡拉 OK 時說「またおはこ」就是笑這傢伙又在唱他那一百零一首的主題曲啦）。

不管是真的得意之作或是自我感覺良好，十八番（O-ha-ko）指的是單品或單曲。如果要攏統指某種技藝或專長的話，就不說十八番，而用自慢。

自慢（じまん Ji-man）原意是態度驕傲，也可用來形容自覺得意或有信心。

常見餐館掛著「味自慢」招牌，表示老闆對自己的廚藝和料理信心滿滿，像台灣的「保證好吃」。如果說「喉自慢」就是歌喉很讚，指的是歌藝而不是某一首單曲。

古惑仔電影說某人很能打，這幾年美國總統川普很會罵人，我不曉得此種技藝會不會演變成日本新的流行用語「喧嘩自慢」？

現代政治人物中有許多哈巴狗，早晚會形成一類「馬屁自慢」或「舔某某自慢」族吧？喜歡推卸責任或誣賴別人的，會不會被稱為「甩鍋自慢族」？

二十年前我帶著小兒子家昱去南加州爾灣，拜訪以前銀行的老闆，見識了令我們父子折服的耳自慢與肩自慢。日語耳字念 mi-mi ，肩字讀 ka-da ，所以我把「耳好肩好」叫作咪咪擠滿（みみ自慢）和咖打擠滿（かた自慢）。

我不是馬屁自慢族，而是由衷對舊老闆表達敬意，我說我們這些外商銀行的老朋友，大家都跳過很多次槽換過很多老闆，共同最服他也最懷念他。

老闆豪邁地笑開來：「其實你們才是最棒的銀行家。像派翠克、大衛、小傑克、酒色夫，還有你馬立歐，論專業知識、論處事能力，每一位都是內行中的內行，每一位都比我強上百倍千倍⋯⋯。」

老闆說得沒錯，我想起蕭何韓信與張良，也知道真正的領袖級人物，在於將將而非點兵。

然而，我未嘗體會過司馬遷更深一層的描述，直到那天在爾灣聽完彼得的笑聲：「你說我嘛？哎呀，我只不過是身上兩個器官稍微還可以罷了。」

老闆說，他可以稍稍自慢的，也只不過是耳朵和肩膀。

我們父子倆，在回程中玩味老闆那句輕輕帶過的話，也在這二十年來，不斷檢討與演繹。

成功的老闆，耳朵好的話，知道什麼該聽、什麼該聽進去、什麼該聽出話中之話、什麼不該聽、什麼該制止、什麼聽了之後該回應或不該回應。聽的地點、時機、表情……。

耳朵發達，就有許多腦會幫你想、有許多眼會幫你看、有許多鼻子幫你嗅、有許多皮膚幫你觸碰……。

肩膀發達，能扛、會扛、扛得起、扛得適時、扛得漂亮，就會有許多嘴巴幫你講、許多手幫你做、許多腳幫你跑、許多指頭幫你指、許多胳臂許多脖子許多腰桿……。

我們父子倆共勉，與其追求單品十八番，不如更加鍛鍊耳朵成為咪咪擠滿，鍛鍊肩膀成為咖打擠滿。

讀眼

不曾懷疑，眼睛是看東西用的。

小時捉迷藏，老來和孫兒躲貓貓，捉的人如果只看見對方的手或腳或身體其他部位，都不算，必須兩人四目交投，才算捉到了。

也就是說，光看，不算看到；必須看到對方的眼睛，才算。

我喜歡雙手捂住眼睛，裝駝鳥，對孫兒說：「看不見看不見。」再讓孫兒用力掰開我手指，爺孫倆同步興奮地喊：「哇！看見了！」

眼睛，到底它的功能是用來看，還是用來被看？

英文的 eye 從左從右拼音都一樣。日文的目，從上看從下看，字形相同。我想，眼睛用來看，或是用來被看，扮演的角色份量可能相等吧？

我們說 look at me 或是說「你看著我」，意思大概不是那麼單純只叫對方看過來。

講這句話的人，不是叫對方用眼睛看我，也不是要對方把眼睛轉過頭來被我看。Look at me 的 look 其實不是 look 而是 read。字面上雖然說看著我，真正用意卻包括兩種，一是要對方仔細讀我眼睛傳出的力道，二是想讀出對方眼神中所蘊含的訊息真相。那麼，接受這句話的人，他的眼睛就不只是要被看，還得進一步被讀。

學生時代練劍道，教練說必須「劍到步到聲到」才算得分。所以我們很注重手腳與喊聲，必須三者同步到位。但是實際上，似乎還差了一點什麼，我一直體會不出來。

那年頭，被盟軍禁了二十年的劍道剛解禁。幾位日治時代練過劍的教授難耐技癢，常到體育館來與我們過過癮。

農學院的李教授身材高大，一出手就打我頭。我常趁他舉手劈我頭時攻向他右脇下的胴，總不成功。後來我向他討教，李老師指出我的盲點：「隊長，不要看我的手，要讀我的眼睛才對。」

「眼睛是靈魂之窗，人的心在想什麼，會從這個窗口流露出來。」李老師說：「在電光石火間，你看我的手舉起來，才要切入攻向我的胴，絕對來不及。」老師點出了教練沒提及過的，除了手腳聲三者之外的第四要項，眼。

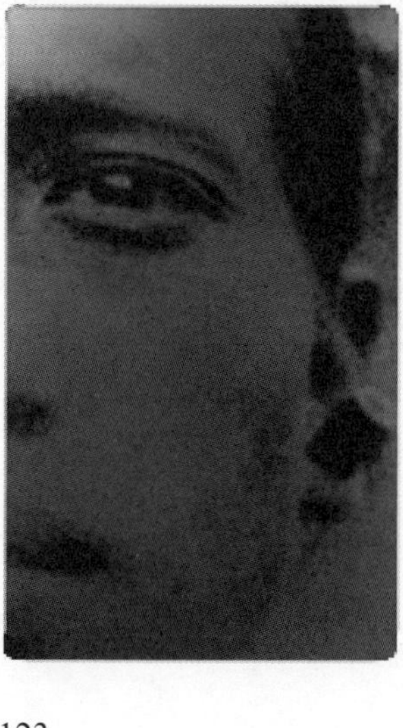

老師要我看他的眼，讀他的眼。他教我「敵未動，我不動；敵欲動，我先動。」他用足球罰踢十二碼作比喻，守門員看見球飛出來才決定撲救方向，一定來不及，必須看踢者的跑姿和眼神，判斷救球方向。

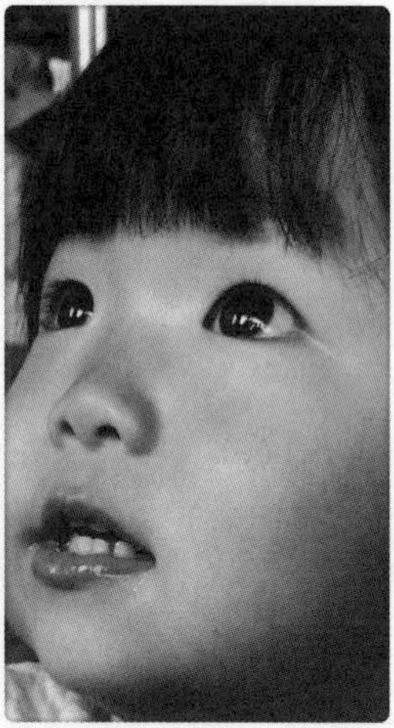

我記得李老師在體育館角落教我們風林火山時的神韻和語氣。他說：「不動如山是審度時機並蓄積能量，徐行如林是在對手不知不覺間，讓自己移向最有利位置；當認定條件成熟時，急如風烈如火，結果就是一個活人一個死人。」李老師從政後，我不曾與他互動，但常常想起當年在體育館談「讀眼術」的往事。

畢業後，我離開林場去投考日本勸業銀行，有幸通過筆試，得到第二關面試的機會。赴試之前，爸要我去向三舅討教如何應對。同是劍道高手的三舅，叮嚀我「如何看如何讀，如何被看如何被讀。」教我「目の切返し」。

後來，我在銀行界，對老闆、對客戶、對同事、對財政部官員、對央行檢查員、對同業、對應徵者，時時想到「讀眼」與「被讀眼」的種種技巧與哲理，心中都頗有感觸。

取樣盲點

經常被問：「你當初以第一志願考上森林系，畢業後在紙漿廠伐木課的林場工作，怎會跑到毫不相干的銀行業？」

我的回答是機緣兩個字。

1970秋末，在花蓮卓溪鄉崙山收到台北來信，說日本勸業銀行在招考台籍職員，你要不要回台北來試試？信封袋裡附了張報名表，要我填妥寄回。工寮有點昏暗，我沒讀仔細，以為那是聘書，於是向林班主任遞辭呈，晚餐沒吃就打包下山，興沖沖要去台北就任新職。

路上沒閒著，腳下邁著大步，腦中編織故事。

我問自己，日本勸業銀行是啥東西呀？我自問自答，一定是日本人向台灣買很多檜木，需要森林系的畢業生，幫他們處理木材貿易業務。我越想越得意，覺得自己很適合這種任務。

走四小時山路，到三民搭夜車去光復，準備在老三家過一夜，隔天清晨再去花蓮轉台北。老三看清楚信，告訴我說，那是報考單不是聘書。夭壽咧，八字連半撇都無，沒臉回林場，只好硬著頭皮去台北囉。台灣諺語「時到時當，無米煮蕃薯湯，」大概就是指那時候的心境吧。

一路上安慰自己，也許銀行考試只是個形式過程，人家應該早都已經幫我安排好了吧？

回到台北終於搞清狀況。勸業銀行這次要招募男女職員各四名，報考人數有兩千人，筆試篩選男女優秀者各二十名，再進行下一波的面試。筆試只考英文和常識兩科，沒有範圍，也無從準備。女生除了英文和常識之外，另外加考珠算與打字兩個術科。

還記得那次筆試的幾個試題：

中國最大的平原？

芬蘭的首都？

太陽光走到地球要多久？

去年諾貝爾文學獎得主？

最古老的文字？

鹽的種類？

亂世佳人的男女主角？

我進入了筆試的前二十名內，得到面試機會。後來，又在面試的二十個人當中擠到前面（很久以後才知道是面試第一名），被錄用。

接到面試通知那幾天，我好緊張好緊張，比當初筆試之前更緊張。筆試是兩千人取二十名，錄取率為百分之一，我沒把握，所以就不會患得患失。一旦進入口試這一關，強烈的得失之心就令我寢食難安。

我到處請教父執長輩和朋友：「日本人可能問什麼題目？」依我們揣測，日本老闆一定會問：「你讀的是森林系，又在紙漿廠的伐木課工作，應該算是學以致用呀，為什麼想要來報考銀行？」我花了很多很多時間與心思，針對這個假設題目，編織各種說詞。

結果，日本人並沒有問我這個問題。

面試當天，我當然特別注意打點服裝儀容並遵守基本禮節。西裝、領帶、白襯衫、皮鞋、坐姿、眼神、音量、音調、手勢、進場出場、鞠躬度數，這些都要一再演練，並拜託三舅和四舅幫我指正。四舅交代說：「日本人可能會遞香菸請你，你既然有抽菸，就不能騙他說你沒抽，也不可以大喇喇接過來抽，更不可以自己掏香菸。」舅舅教我說：「謝謝，我剛用過。」這樣一來表示煙癮不大，二來免除在陌生長輩前面抽菸的尷尬。萬一，日本主考官自己不抽，而應試者接過來自己吞雲吐霧，那更難堪。

與其說是面試，其實更像閒聊。日本老闆不但沒問我為啥來報考，也沒問我任何專業題目。只舉出一個假設性的情境，讓我自己發揮：

「簡先生，能不能請你以三種不同的身分角度，描述一下你自己？」

第一：你的長輩最稱讚你哪一點？覺得你什麼地方稍有不足？

第二：你的同伙最欣賞你哪一點？認為你哪一部分不盡理想？

第三：你自己認為最得意的優點是什麼？亟需加強的是什麼？

我的腦中在電光石火間閃過一個念頭：「分析自己的優點，絕對不要使用聰明、勤奮、負責、吃苦耐勞這一類俗氣的形容詞。談自己缺點時，最好是舉『看似缺點實非缺陷』的東西。」於是，一面回答一面思索一面即席作文：

最受長輩稱讚：這年輕人肯認錯。

長輩覺得我稍有不足之處：初見乍看時並不令人耀眼驚豔。

最受同儕欣賞之處：團隊成就過程不爭功。

同儕覺得我不盡理想之處：過於強調邏輯性與證據性。

自覺得意的優點：習慣以多元角度和類比性來看待事情。

自認亟需加強之處：即席簡短表述的能力。

與我同期被錄取的另三位男同事，分別是畢業於社會學系、藥學系和公共行政系，沒有一位是讀金融、財務、會計或經濟的。

進行半年多，有一回在聚餐後藉著幾分酒意，斗膽問日本老闆，為什麼當初不限制報名者的科系？為什麼不考我們日文和商業會計財務？

老闆笑笑說，如果限制報名者的畢業科系，或是考日文與商業專題，會陷入嚴重的「取樣盲點」。

「我要的新進人員，是英文程度好一點，普通常識廣一點的可造之材。」他微笑解釋道：「我不要書呆子。」

老闆認為大學是基礎教育，上了研究所以後才是專科教育。在基礎教育的階段，訓練重點是邏輯思考力、做人做事與團體生活態度，還有就是多角度蒐集資料的能耐，以及研判訊息的效率。

「基礎訓練紮實的人，不管什麼科系，畢業後從事任何行業，一年左右通常可以熟悉行業知識，兩年內應該可以獨立處理疑難雜症。」老闆進一步說，如果考日文或考商業專題，只表示應徵者在學期間有沒有修過這門學科而已，對「評斷是否可造之材」不具意義。

所以，對我們的筆試只考英文與常識，挑選前二十名。再來，就是特別注重第二階段的面談。老闆順便透露說，面談那天我的表現讓他覺得很受用。

「咱們是日本銀行耶。」我趁著難得的聊天機會，問道：「難道日文不重要嗎?會計不重要嗎?法規不重要嗎?」

當然重要囉!老闆又笑了：「所以我在錄取你們這幾位可造之材後，請日文老師教你們、讓前輩高手訓練你們、要求你們精讀作業章則。」老闆強調：「這是錄用後，資方的責任，不是錄用前的篩選條件。」

我終於明白，老闆很清楚分辨他要的是什麼，他該做的是什麼。

我想告訴老闆說，我們台灣的資方想法不太一樣：「喜田先生，我們台灣人的想法是……」

「やめてくれ！」老闆臉色一沉叫我閉嘴，並且立即很嚴肅地糾正我的邏輯謬誤：「簡君！你只能說你個人的想法，你不代表所有的台灣人！」

最後一隻老鼠

菲律賓1946獨立時，有一條從前美國人蓋的高速公路從Makati到Laguna。那時披索兌美金是二比一，普通人薪水一千披索等於五百美元，相當於兩萬台幣。所以我們小時候認為菲律賓很先進，呂宋客很有錢。

我1986至1989住菲律賓，剛到時，披索兌美金是二十比一，一路往三十貶下去，台幣則是從四十朝著二十五不停飆升。一個菲國警察薪水八百披索等於四十塊美元，不夠養兩個老婆，當然要貪污。

到了1989，菲律賓全國的高速公路還是只有四十多年前那條。菲國稻米還是一年只收一季，沒有水庫可調節乾雨季農田水利，沒第二條高速公路可以平衡城鄉差距。

大家都承認這是資源富庶的國度，大家也都承認我們是個貧窮的國家，這兩個背道而馳的說法，有個非常合理的介係詞，叫作貪污。所有該做公共建設的錢都被高官吃掉了。

我想起一則笑話：某天有位菲律賓高官來台訪問，台灣的一位高官招待在陽明山豪華別墅（以他女婿名義買的）度半天假。菲律賓高官用充滿羡慕的語氣問道：「你們的公務員待遇那麼好呀？可以買得起這種豪宅？」高官指著山下遠處的基隆河，笑笑說：「你看，那短短兩公里的河道，就有六座橋，其中兩座新橋是我任內的政績，還有一座舊橋也在我任內發包拓寬。」

隔年，這位台灣高官訪問馬尼拉，也被招待到菲國高官的豪華別墅，台灣高官也問這位老友怎麼買得起豪華別墅？菲國高官指著遠處河流說：「你看那河上的兩座橋！」台灣高官說沒有呀，我沒看到河上有任何橋呀！菲國高官得意地笑笑：「我任內已經消化掉預算了。」我終於明白「巧取」和「豪奪」的差別。

作官的當兵的，不論位階高低，情況都一樣，表外雜項收入的黑錢變成正常固定財源，商人也把行賄買特權或逃稅偷電當作理所當然的經營手法和 SOP。

我們的工廠在 Baclaran，開設第一個月就有電力公司的人來造訪，我首先表達本公司外銷生意很好訂單很多，所以工廠是三班制，用電量蠻大。我這樣講的用意，是要展現大客戶級的規模，希望得到他們的重視，先拉好關係，將來服務可以順暢一些，譬如說停電後的修復作業（菲國常常停電），稍微把我們排在優先順序，就謝天謝地啦。

電力公司的索里阿諾先生拍胸脯請我放心：「馬立歐桑您不用煩惱這個，我會幫您做兩套電力供應系統，一個接到您公司的電表，另一個接到路燈電源。如果電力不足的話，公共路燈照明系統通常會繼續供應，萬一全面停電，路燈也會優先恢復。」他還告訴我，接到路燈系統的那條線，佔我們公司全部用電量的百分之九十，而且不必繳納電費。講白一點，就是教我們偷電。

我說：「那不好吧？我們工廠規模那麼大，電表上的度數只顯示不到十分之一的用量，明眼人一看就會覺得奇怪，那很容易穿梆耶。」索里阿諾糾正我：「整個工業區都這樣做，您如果跟人家不一樣的話，反而顯示每個月的用電比率特別怪異，這會犯眾怒的。」我腦海中浮現港劇中常見的鏡頭，不參加集體貪污不拿黑錢的警察，會有不良下場。

講民主、人權、法律、道德，每個菲律賓人朗朗上口頭頭是道；談到貪污行賄分贓走後門，大家又認為是當然的處世規則，並且說這叫作「具有菲國特色的社會秩序」。

怎麼會這樣？

菲國中學的「本國歷史」課綱很清楚地詮釋：「從前殖民時代，西班牙人叫我們做苦工，不給我們酬勞，所以，久而久之我們認為辛勤勞動得不到合理的回饋，不如別太費勁當傻瓜。」

教科書把「我國人為什麼懶惰」推說都是西班牙人害的。老師這麼教，課本這麼寫，全國也認為這是標準答案。

我問：「美國和其他國際組織不是有給很多援助款要修路蓋水庫嗎？」答案千篇一律，被馬可仕貪污掉了：「四十年前，我們是亞洲最富裕的國家，可是馬可仕這傢伙從 1966 上台後，足足貪了二十年，害我們國家變窮了。」

我再問：「那麼前面的二十年呢？1946 到 1966 那幾任總統包括羅哈斯、季里諾、馬加伯皋、賈西亞，他們都不貪嗎？」沒人說前幾任怎麼樣，反正把所有過錯推給最後一隻老鼠就是囉。

這是什麼邏輯呀？我聽不進去。但是 2017 秋天某個下午，我在蘇州的五星級旅館就碰到這種說法，氣的我爛葩差一點漲破。

我退房時把房卡交給櫃台，通常就可以離開，反正他們會跟訂房客戶也就是邀請我講課的單位逕行結賬。但是那天下午我被留住：「簡先生請等一會兒，簽個字就行。」

我耐心等候那位漂亮的櫃檯小姐慢吞吞列印電腦報表，故意笑笑問：「簽個字？簽什麼字？」那位櫃員並沒聽出我的幽默，很認真地回答：「簽您的大名就可以了。」

我想，大名豈可你說簽我就簽？所以在拿到電腦賬單時，就作勢假裝要詳細看過才肯動筆。

其實，我並沒從背包內取出老花眼鏡，也沒真的打算要逐項檢視，可是櫃員遞筆給我示意我簽字的舉動和態度，好像是催促我：「您就簽在這兒吧，別檢查了，電腦報表不會錯的。」

我有點不舒服，就暫時不掏眼鏡，而停下握筆的手問：「這裡面印的是什麼呀？那麼多字，滿滿兩頁。」我知道有些旅館很囉唆，一天的住宿費要印一列房價、一列服務費、一列稅款，再加一列小計。

櫃員的回答讓我傻眼：「這是你們的消費明細，包括房租、迷你酒吧、咖啡室還有餐廳的消費。」

我說：「我除了住房以外，沒其他消費呀。」櫃員說：「這是你們四位的綜合賬單。」

媽媽咪呀，四人聯合賬單？

張老師昨天走、叢老師今天上午走、程老闆一個小時前離開，四人的賬單印在一起叫我這最後一隻老鼠「簽個字就好」？

我說：「我怎麼知道其他的人消費了什麼？我沒法驗證怎可能替他們簽認？」

換了幾位櫃台經理，他們很難理解我這最後一隻台灣老鼠怎麼那麼奧客那麼刁鑽挑剔，怎麼那麼不配合？

一、你們不是一道的嗎？

二、你們不是認識的嗎？

三、只是要你簽字而已嘛！

四、不是信用卡簽單耶！

五、其他三位都離開了，現在就只有您能簽個字呀！

林北服了 them。

我現在知道馬可仕揹了多少前任總統的黑鍋？我現在知道西班牙殖民政府害得菲律賓人懶惰了幾世紀？我現在知道為什麼明明我聽得懂中文卻搞不懂他的邏輯？我現在知道呆胞為什麼被看成奧客？

不動如山

前幾年宜蘭的綠色博覽會都在武荖坑，當地人叫鮘仔坑，2017 年春天起改在剛完工的冬山河森林公園。

冬山河上游的宜冬橋兩岸，是我釣了十多年的熟悉地。我常笑稱，那是我的辦公室，有時候一星期來上班四五天。

辦公室當然有辦公室的規則：

上下班時間：隨意

每週上班日數：視天氣自行調整

上班服裝：隨意
員工平均年齡：六十五
客訴：不曾發生
公司不禁止：上班打瞌睡或唱歌
公司不反對：脫鞋子或聽股票
公司不要求：業績和品質
公司不提供：老闆刮鬍子

辦公室的座右銘：
天地悠悠　生命短小
世路崎嶇　平坦難找
風雲變幻原是常
釣名哪及釣魚好

有時候，我會不自覺把這個辦公處所當成自己專屬的私房景點。我想，做事很認真的人，多多少少會把公司看作自家的產業吧，這應該是個好現象。

綠博移到這兒舉辦後那幾天，我短暫起了很自私的念頭，好像地盤被外人侵入，覺得多年來的私房釣點變成遊人如織，心中七分惆悵三分不願。幾天後，開始自責八格耶魯，眾樂樂才是正途，釋懷之餘油然生起羞愧。想想，遊客的愉悅之情應該不亞於釣客吧？

於是特地挑個晴天，收起釣竿漫步園區。俗語說的不錯，換了屁股居然真

的換了腦袋。釣客身分變成遊客身分後，心態頓時改變。感覺到不僅園區裡綠得可愛，整個蘭陽沃田綠得更震憾，我瞠目啞口思緒澎湃。

同樣綠得醉人，不同的是園區內的草坪綠得像白蘭地，園區外的稻田綠得像高粱酒。如果你用視覺感觀評斷，會罵我起痟，白蘭地琥珀色高粱酒透明，怎扯得上綠？葛瑪蘭威士忌也不是綠色呀。

年青時，我和陳顯榮喜歡喝金門高粱，顯榮說高粱的香是穀香，白蘭地的香是果香，穀香韻味似勝果香一籌。園區內草坪的綠給我白蘭地感受，園區外稻田的綠給我穀香悸動。

回程公車上仍醉於滿滿的綠，靈魂不知不覺間又出竅，隱約聽見有個聲音把我喚回來：「你很久沒來看我了。」那是遠處龜山島的哀怨。

我不假思索回應：「你一直都在那兒沒動呀，不急。」

「誰說我沒動？」略帶蒼老的聲調：「你想想四億年前的我，和四億年後的我……。」背景音樂是羅大佑的戀曲 1980「愛情這東西我知道，但永遠是什麼？」

我安撫：「別想那麼遠啦！我又不會活四億年那麼久，要緊的是當下，你這幾個禮拜內不會動吧？」我想，最近該找個時間去烏石港搭船了。

也真難為他，前些年沒招誰惹誰，被海軍劃為靶場，挨了很多砲轟，辛苦啦。

不談時間，我們把話題轉到論空間，他講的跟我想的層次不同：「誰說我不會動？你以地球自轉和公轉的宏觀考慮過嗎？你以銀河擴散的慧眼看看吧。」

悚然間驚覺無常是常，我開始懷疑崇拜已久的武田信玄，不動就如山嗎？如山就不動嗎？不動該不會等於什麼都不做吧？身體不動眼神動，算不算動？軀殼不動心思動，算不算動？幾秒不動才算不動？幾天幾世紀不動才算不動？在急行舟車上睡覺算不算動？湍流中的枯葉算不算動？

「你說的有理！」余豈好辯哉，不恥下問上問左問右問皆君子：「我想請教你，為什麼從五結上蔣渭水時，你的龜首在右邊，到了大里天公廟時，龜首變成在左邊？」

他淡淡回道：「物沒變、形沒變，變的可能是你所站立的位置，和你看事情的角度。」聲音好像越來越遠。

我還想再問，車已過頭城進雪隧。我只能問自己，哪一天要去烏石港搭船？

嗚咽酐脰門

從衛星地形圖看來，淡水河在關渡大橋那一段的河床最窄，印證了關渡這個地名，源自古文的酐脰兩個字。

酐是瓶子，脰是脖子，酐脰就是瓶頸的意思。現代閩南語中，還保留使用脰字的場合，只剩「吊脰」一詞。

對我而言，酐脰不只是舊地名，而是想起就心酸的痛。

我喜歡聽姊說故事，姊也喜歡聽我

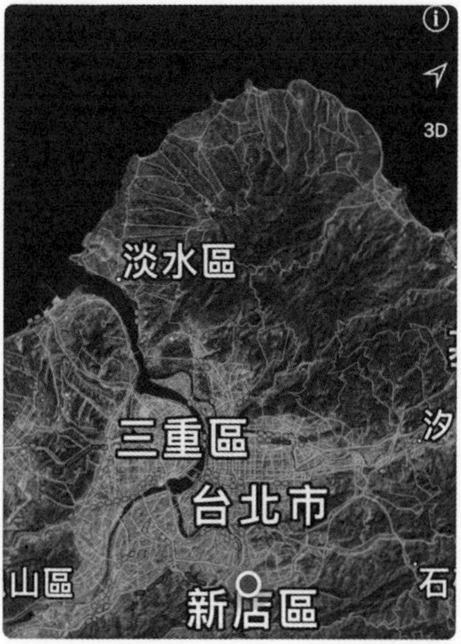

們這些弟妹講各種各樣的事。

姊的記性很好，我們對她述說侄輩孫輩在國外的點點滴滴，她都聽得津津有味。而且，小輩們返台探望她時，姊對見面談話的每個細節都記得清清楚楚。

有時，她問我孫兒近況，並提到上次見面時怎樣怎樣，我常常會一下子想不出，到底姊所說的上次，是我印象中的哪一次。最後，我總是掏出手機，回顧老照片，才能確認姊所講的，跟我記憶中想的，是同一回事。

和弟妹們聊童年往事，偶而碰到彼此對某個細節印象有差異時，我們的結論總是：「下次問大姊就知道了。」姊是我們家的百科活字典。

上個月去陪姊吃飯時，換我說了個故事給阿姊聽。我刻意把劇情的重點懸而不講，可是姊聽了後，幾乎是同步反射，立刻點出答案。

我說的是一甲子前，1959 年八月一日媽媽往生那天鄰居看到的景象，地點在溪州，現在捷運頂溪站旁的復興街。

那年，有著名的八七水災。水災前六天，八月一日農曆六月廿七，爸過完五十歲生日的隔天清晨，媽媽解脫了折磨她一年七個月又二十天，因腦溢血導至右半身無知覺，能聽不能言語的辛苦日子，在四十九之齡離開我們七個兒女。

後來我才知道，那天媽媽雖然解除了身體病苦，但是，並沒有脫離宿命中的受難池，直到她往生二十多年以後情況才改觀。

媽嚥下最後一口氣時，眼睛並沒閉上，是爸用手拂面幫她闔眼的。幾分鐘以後，我到巷口二舅家去跪著向等在那兒的五位舅舅報告。接著，大姨三姨、秋蘭姨、金雄堂舅，也都在最短時間內趕到。

阿姨們很快縫好孝服，讓虛歲十五的我帶著十三歲的扶桑、十一歲的永昌和七歲的扶育，走向兩公里外川端橋下的新店溪乞水。

二十六歲的大姊留在家中幫忙，並照顧四歲小妹扶真。我們等不及十七歲的大哥從外頭趕回，就由我領著乞水隊伍捧缽出發。

我們四個孩子排成一行，沿著永和路走向川端橋（現在的中正橋）。舅舅阿姨們幫忙設靈堂，請道士誦經。這時候，鄰居們有很多人看到從我們家中走出一對全身濕漉漉的老尪公婆仔，倆人中間牽著一位衣裳乾淨的小女童。這二老一少走出家門後，向東緩緩而去，最後三人背影消失在一旁是茭白筍田的復興街盡頭。

媽過世，我領著弟妹們去川端橋乞水時，鄰居看到從我家走出二老一少的情景，是我多年後聽五舅說才知道的，五舅對我說這段往事時，媽已走二十多年了。長輩們都知道這事，只是不告訴我們。我想，連大姊也不曉得。

上個月，我去陪姊吃飯，就把這段從五舅那兒聽來的往事告訴姊。姊聽到兩個濕漉漉公婆牽著小女孩的手走出來時，脫口驚呼：「啊！是媽媽的養父母來帶她走的……。」

媽媽在1911年農曆十一月初九，誕生於溪州（現在的永和）杜家，稚齡時送給艋舺堀江町的林家收養。

媽原名阿綢，但因為溪州鄰村有同名綢的小孩夭折，所以家人就改口稱呼她阿素，不過戶籍資料保持原名綢字。

我問過三舅也問過五舅：「杜家有五男五女，我媽排行第三，僅次於大姨和大舅。當時外公是保正，家境應該不錯，為什麼要把我媽送人收養？」

同樣問題，我也問過爸爸和三姨，都得不到答案。

我們排除了許多猜測。當時的杜家並非清寒，不是食指浩繁，媽媽的命盤也不是注定必須送人扶養，更何況養方的林家，經濟環境也沒比杜家好。

「不曉得，那時候的人是怎麼想的。」連五舅三舅都沒法瞭解我外公杜火獅先生，為什麼把親生女兒阿素，送給並沒什麼特殊交情的艋舺人林火生先生：「我們只知道林家夫婦膝下無子，看到年僅三歲的阿素活潑漂亮，愛不忍釋，所以一再央求杜家割愛。」

林家家境不寬裕，但兩夫妻對阿素寵愛有加。我的母親從此離開溪州的原生家庭，到堀江町跟著養父母生活。我童年喜歡賦著媽媽說故事給我聽，所以知道媽媽小時候曾幫阿嬤林高招治做手工，貼補家用。

後來，林家又收養了男孩春木，媽媽大春木十二歲，春木叔住基隆，我和弟妹們每隔一陣子去探望他。阿叔在 2019 年十月，九十七高齡去天上與祖先們團聚。

林家養父母很疼愛阿素與春木這對姊弟，但夫妻倆感情不睦，後來養母帶著兩個孩子，住佛堂當菜姑。

1926 年，媽媽十六春木叔四歲時，養父（我外公林火生先生）來佛堂藉故支開小姊弟，並在騷擾時扼死髮妻（我的外婆）。

闖禍之後，以棉被包裹大體，僱了人力車載往河邊丟棄。我阿嬤的大體從艋舺沿淡水河飄流到酐脰，被當作無名屍葬在左岸觀音山麓。

隔年，堀江町的人力車夫在酒後談起，某天載客到河邊，棉被裹著很像屍體的樣子。酒伴聽了之後向警察報案，警方清理同一時期淡水河下游的無名流屍記錄，也連結到堀江町的失縱人口，終於追查到我外公林火生，他也認罪入獄。幾年後出獄不久，在台北大橋下的淡水河邊吊脰自殺，葬於觀音山。

我沒辦法想像，阿嬤失蹤後，或阿公落案後，荳蔻年紀的媽帶著幼弟是怎麼生活過來的。爸媽從來不提這段往事，前幾年我大膽問過春木叔，他不肯說。

五舅曾告訴我，那些年我媽在工廠打工、在餐廳當服務生，也做裁縫師。雖然跟原生家庭杜家一直都有連絡，但是外公並沒有讓我媽住回杜家。我猜測，可能是因爲我媽帶著養弟春木，又揹著林家祖宗牌位吧？

媽二十二歲那年帶著幼弟嫁給我爸，爸一路奉祀林家祖宗牌位，直到春木叔結婚後才移交。春木叔稱呼我爸為阿兄而不叫姊夫，我們也稱春木為阿叔而不稱阿舅。

五舅告訴我，林家阿公阿嬤的恩怨未了，劫難傳續到我媽身上，所以當我媽四十九歲辭世時，鄰居會看到那對濕漉漉的老尪公婆來把小女孩帶走。

媽走時我十五歲，在我四十歲之前，所夢見的母親，一直沒脫離苦海。

我常在夢中去探望媽媽，每次都是同樣場景。像是蜿蜒在烈日下蓋金字塔或建築滇緬公路的奴工行列，媽挑著扁擔畚箕不能離開隊伍，我只能走近隊伍邊跟媽匆匆講幾句話，而媽必須瞻前顧後怕衛兵責罵。

我四十歲之後，媽的劫難結束了，她的右手右腳可以動，語言能力和歌喉也恢復了。到我五十五歲後，媽的生活過得越來越好，我們夢中相見時總是有說有笑，母子又抱又親。

每年接近七月底的時候，我總會想起一甲子前 1959 那年八月一日上午，濕漉漉的外公外婆帶我媽媽走，我帶弟妹去河邊乞水的情景。

我知道，林家前代恩怨禍延下代的苦難已消逝，但是這些年來，我每次坐在酐脰門，望著飛過對岸觀音山麓的孤雁，彷彿仍然聽得到淡水河的嗚咽。

後記（本文初稿兩年後）：

2019 年十月，春木叔以九十七高齡辭世。守喪期間，我去基隆上香，與九十二歲的阿嬸聊了很多長輩往事。阿嬸告訴我，當年外公扼殺外婆後棄屍淡水河的事件，是個冤案。

依阿嬸的說法，我外婆林高招治在攜子帶女落髮為尼後，因為受不了鄰家的異樣眼光和嘲諷而投河自盡。外公林火生在刑事警察的酷刑下屈打成招，承認在爭執中誤殺並棄屍。至於車夫報案與棉被裹屍，都是刑警編造出來的故事，也是當時新聞媒體和法官一致採信的版本。而我外公在出獄後，因揹負冤名而失去工作謀生機會，最終走上吊脰絕路。

阿嬸說春木叔告訴她，命案十多年後春木叔二十歲左右，有位當時曾參與辦案的刑警對春木嘆道：「可憐呀！你阿爸那時候被刑得不成人形。」

母親的原生家庭，杜家五舅和三舅告訴我的故事，是官方與媒體的殺妻棄屍版本。

我和弟妹們都認為，既然爸媽與春木叔在世時絕口不提此事。如今事已久遠難以求證，我們作晚輩的，能否追索真相實未可料。那麼，就把酐脰門河水的嗚咽化為對先人的綿綿思念吧。

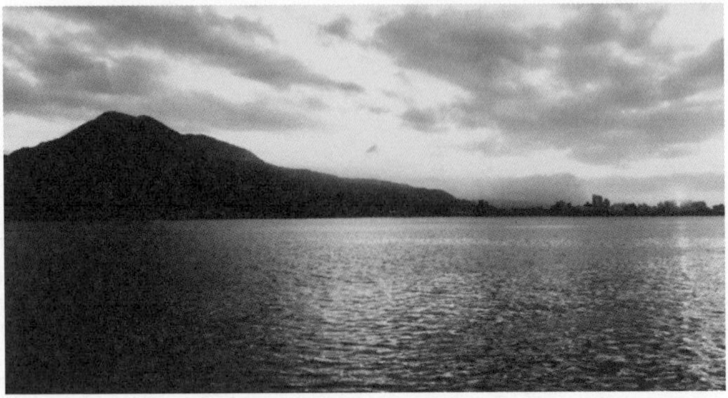

牡丹聽車人

台鐵東北角的宜蘭線與平溪線，有三個共用的車站，是瑞芳、猴硐以及三貂嶺，這些年來很夯。

相較之下，緊鄰在南邊的牡丹車站，就有些落寞。

雖非熱門旅遊景點，但是牡丹車站在鐵道迷們的心目中，卻是個重要的朝聖攝影地。聞名的「牡丹坡」以一百二十度的S形彎道，和千分之十六點七的陡坡，在舊山線的勝興車站

退役之後，牡丹就登上全台灣最陡最彎的風騷地位。

三貂嶺站的海拔為 134 公尺，牡丹站降為 88 公尺，雙溪站是 34 公尺，這三站在短短七公里距離內，海拔落差整整有一百公尺。至於雙溪東邊的福隆站，已經是接近海平面了。

今天造訪牡丹的只我一人。

煤礦業正興盛的上世紀七〇年代，牡丹國小有一千多學生，現在不到三十人。

東北角距台北不過一小時車程，無論是九份金瓜石的山線、風光綺麗的濱海公路、河川峽谷的平溪鐵路，甚至猴硐貓村、八斗子潮境、福隆海水浴場，似乎都發展出各具特色的主題，吸引大批大批遊客。唯獨雙溪的牡丹，仍在樸素寧靜中酣睡。

漫步整個上午，沒遇見其他訪客，連居民也沒碰著。

車站附近的鐵路邊有家咖啡店，門半開，我探頭進去打招呼，老闆就開始做起今天唯一的一筆生意。

「我六十多快七十了，少小離家在台北求學工作，去年孩子們叫我退休返回故鄉，就買了這房子，讓我開店。」老闆好像跟我很談得來。

從前，台灣早期建設的鐵路大多是單線通行，來往雙向的列車必須利用火車站的岸式月台或島式月台進行交會。後來運輸量增加，鐵路拓展為雙線雙向通行，從此不必在車站等候交會列車。

鐵道由單線拓寬為雙線的工程還算容易，可是山區鐵路的單線隧道要拓寬成雙線隧道，施工顯然不容易，乾脆繞道或另闢新的雙線隧道。於是，山區就殘留了不少廢棄的舊鐵路單線隧道。

這十多年來，時興把舊鐵路舊隧道整理活化為腳踏車專用路線，地方政府也樂於競相利用這觀光資源，吸引遊客誇耀政績。

咖啡店老闆說，宜蘭線的舊鐵路隧道群當中，只剩三貂嶺到牡丹這一段，還沒打通成自行車道，政客競選完後就把承諾要建設的支票拋諸腦後：「哎呀，看看今年選舉結果吧。」

老闆喃喃自語，只要猴牡隧道整理成自行車專用道，就可北接瑞芳，南達雙溪到福隆海濱，再來，就是地方活化……。

偏鄉活化，活化偏鄉。

我腦海揮之不去的影像，是千篇一律號稱是老街卻又俗不可耐的一大堆時髦商店。三峽、大溪、深坑、石碇、平溪、九份、猴硐、菁桐、南庄、內灣……。

我今天逛得很開心，我下禮拜還想再來。但是，如果牡丹開發起來活化起來之後，我不知道會不會想來這兒，看老街、擠人潮、吃炸雞卷和豆腐？想著想著，我忽然有些不自在，趕緊逃回火車站。

牡丹車站有兩座岸式月台，東側是南向的第一月台，西側為列車北上的第二月台，兩道月台以地下通道相連。我喜歡月台與月台間用地下通道取代陸橋，看起來比較不會破壞景觀。

彎道角度大，所以列車向鐵路圓弧內側傾斜，以保持平衡。這情形，有點像滑冰或自行車選手在傾斜的圓形賽道上競技。

列車靠站時，在圓周側第一月台的南下列車，會朝

圓心的方向傾斜，車門與月台之間的距離空隙與落差就會變大。所以牡丹站的第一月台，加高了一層水泥地面，以便旅客跨進跨出車門。如此一來，形成了兩個月台不等高的景像。

位於圓心側的第二月台，與傾斜的列車車身靠得較近。幾年前，為了讓普悠馬號的胖車廂順利通過，不得不削足適履，把第二月台剝了一層皮。

在牡丹車站月台上，可以看見鐵軌的內側多加了一道輔助軌，形成三鐵共構的景象，防止列車在彎道行駛發生脫軌意外。

第二月台地下通道出口處，有舒適的枕木座椅，又可遮陽遮雨。我坐在這兒與一位視障的朋友聊天，他說他每天來這兒坐幾個小時，享受聽火車的樂趣。

他分辨得出，現在即將進站過站的車種、車型和班次，也知道哪一班車慢了幾分鐘。

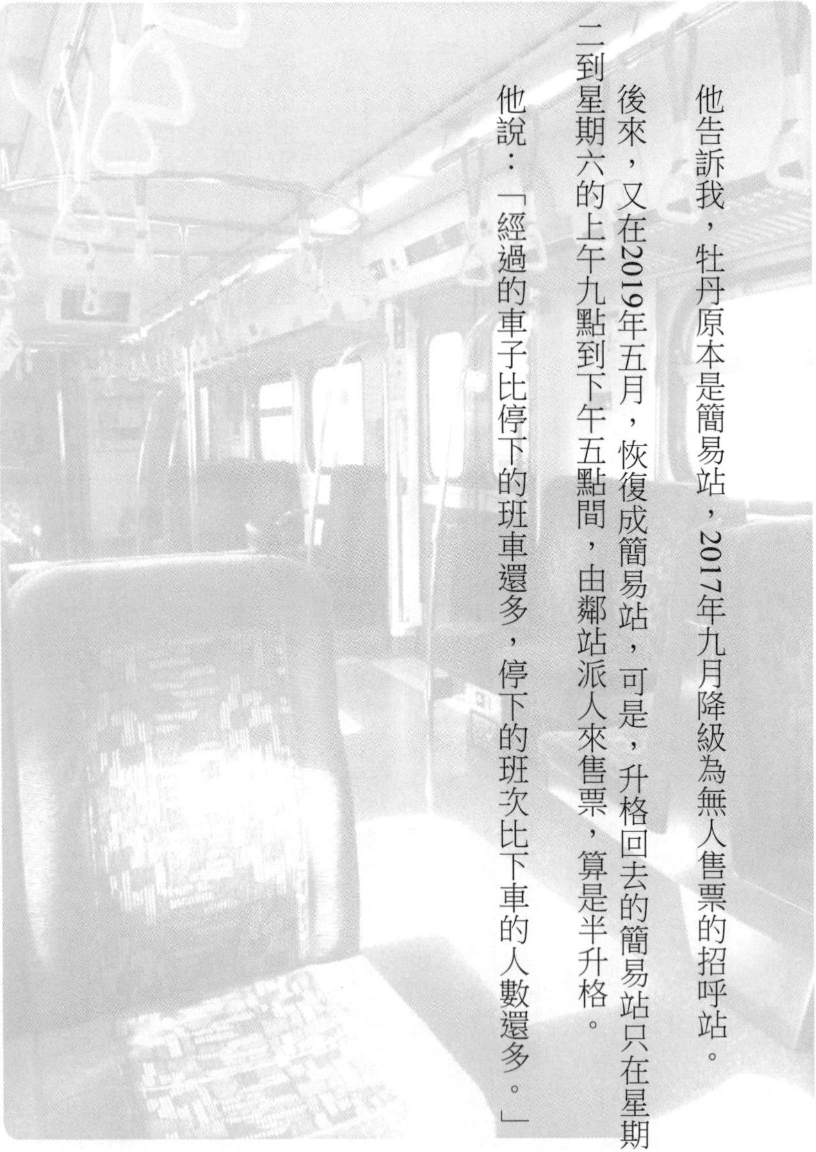

他告訴我，牡丹原本是簡易站，2017年九月降級為無人售票的招呼站。

後來，又在2019年五月，恢復成簡易站，可是，升格回去的簡易站只在星期二到星期六的上午九點到下午五點間，由鄰站派人來售票，算是半升格。

他說：「經過的車子比停下的班車還多，停下的班次比下車的人數還多。」

天送埤的阿發

回想起來，已經是很多很多年的緣分啦。1999 年初的某月某日，無意間在有線電視台看到林黃發先生所主持的節目《台灣大代誌》後，我就成為他的粉絲。

真的是無意間看到的節目。

大新店有線電視，並不是很熱門的頻道，我也不常造訪這台。可能是機緣巧合吧，那天整個下午我不知怎地閒極無聊，兩眼無神盯著電視，手中握著遙控器，碰到廣

告就下意識轉台。轉來轉去間，忽然聽到節目主持人正朗誦一首杜聰明博士晚年所寫的詩。我如獲至寶，想找支筆把這首詩的原文抄錄下來（那年頭不流行拿手機拍照），無奈節目並不等待，我只有扼腕長嘆。

那陣子，我正在寫一部長篇小說，劇情中有一段提到1913年，幾位台籍醫學院青年，從日本潛赴北京，進行暗殺袁世凱的往事。我生也晚，無緣拜謁故事中的幾位主角蔣渭水翁俊明等先輩，然而我有幸多次見過1986才以九十三高齡辭世的杜聰明博士。記得1970年代我在日本勸業銀行服務那段時期，每次見到心儀的杜博士來銀行櫃檯辦理匯款和存款時，我都會在服務結束後，畢恭畢敬地端正行九十度鞠躬。

從那天下午聽到主持人朗誦杜博士的詩句之後，我就特別留意著大新店頻道的《台灣大代誌》。原來這是個每天播出半小時，號稱從頭到尾「用台灣話講台灣史」的節目。

每集節目開始時，主持人林黃發先生會利用大約一分鐘的時間，列舉「歷史上的今天」所發生的事件，再從諸多事件當中，選取一個主題，做深入探討並加以評論。

看了幾回之後，我漸漸養成習慣，當主持人道出「某某年的今天發生某某事件」的標題時，我就猜測這傢伙今天要挑哪一個題目發揮。我的命中率不高，原因是我常常預期「武裝事件」的主題會上榜，然而，主持人所選的題目卻常出乎我意料之外。

例如有一次，他列舉幾則「歷史上的今天」題目當中，包括一個很不顯眼的事件：「某某年的今天中華民國政府開始在台灣推行統一發票」，我當然不會想到這個冷門題目會雀屏中選。結果，我的偉大主持人居然利用三十分鐘的短短時間，深入淺出地介紹在台灣島上所發生過的各種稅制，包括荷蘭及西班牙統治時期、明鄭東寧王國時期、清帝國海禁期與布政史司期、日治、國民政府時期，所討論的稅制涵蓋人丁稅、財產稅、交易稅、通關稅、專賣稅、特別稅等範疇。

阿發對文史資料的蒐集與分析，所下的功夫之深，頗令我折服。經過一個多月，我向電視台要求引介，終於從粉絲升格為好朋友。

同樣是文史愛好者，也同樣喜歡以多元角度看事情，我們很快就成為莫逆之交。又因為居住得近，我和阿發幾乎一星期見上三四天，每次聊起來就是四五個鐘頭以上。

阿發眼力好酒量好，我們的住處相隔兩條大街，直線距離超過七百米，他住四層公寓的頂樓加蓋，我住十四層大廈的頂樓，每天晚上只要我打開後陽台的燈光，不到一分鐘就會接到他的電話問候。如果我有空，就邀他過來喝幾杯，他也必然在幾分鐘後到達。

我們聊的話題很廣，包括天文、地理、自然科學、歷史、文學、時事、藝術等等。我們聊得廣也聊得深，彼此尊重不同立場與見解，但是對於論述的「邏輯性」與「證據性」都有近乎苛求的堅持。也因為如此，所以我們常在「辯輸」的時候覺得又快樂又感激，在口服心服之餘，享受跟隨益友進步的快感。

漸漸熟了之後，我知道阿發以前曾經是知名電腦公司的總經理，怪不得邏輯概念那麼講究。後來，公司倒閉而離職，就乾脆把所有的時間與精力都耗在原有興趣的文史研究上。

阿發和我一樣，讀歷史資料時，喜歡「多元比較」。例如針對同一時期荷蘭東印度公司經營台灣南部的做法，與荷蘭西印度公司經營曼哈頓的措施，相互比較其異同。又如針對熱蘭遮城的攻守歷程，分別以鄭成功、揆一、巴達維亞、鹿特丹、日本人、滿洲皇室、降清之漢將、漢移民、呂宋華僑、原住民各社群等不同立場與思維角度來探討與評論。

我喜歡釣魚，阿發喜歡爬山。我釣魚是為了紓壓，阿發陪我坐在水邊，他喝他的高粱，我顧我的釣竿。不釣魚的時候，阿發找我爬山不是為了看風景，而是去墳場讀人家的墓碑。他造訪歷史人物的墳墓，來印證手頭上的文史資料，也質疑人家墓碑記載事項與論點，樂此不疲。我只好在心不甘情不願之下，陪他去踩踏白馬將軍陳秋菊的墓塚，陪他去湖桶遺跡質疑有無滅村事件，陪他去二格山區尋樟寮。

他最不喜歡對「官史記錄」和「勒石碑文」照單全收，這一點我們兩人有共識，都認為那是充滿主觀意識的東西。

阿發的漢文造詣不錯，我們常在酒酣耳熱時吟詩作對。他是個毫不妥協的台獨建國者，1999 雙十節晚上，我們在新店溪畔看煙火，我不經意出了個上聯《十月十日雙十節十全十美》，他立即回道《一台一中拚一堵一邊一國》。

公元兩千年，阿扁當選那晚，在我們家陽台，我出了一個自認為有點難度的上聯挑逗他，沒想到阿發拿起筆來不假思索就交卷。

我考的上聯是：《寶島變天，蕃薯藤綠油油，長長扁扁水濁濁，有夢最美。》我想，這題目中有許多暗語，應該不容易對吧。阿發的下聯是：《股市崩盤，投資人臉臭臭，懵懵懂懂輸了了，沒錢真慘。》

有一回，阿發邀我去電台，當他的特別來賓。有位聽眾 call-in 講得很明顯偏頗，阿發除了嚴詞糾正對方的邏輯之外，還呼籲聽眾不要在毫無證據情況下胡亂散播謠言。他越說越激動，居然一口氣講了四十多分鐘舌頭不打結。

原來，阿發每天廣播節目固定的開場白是：「各位朋友，今天是公元兩千年十一月六日，距離阿扁就任總統已經過了一百六十九天，他在競選的時候，承諾要對六十五歲以上的國民，發放老人年金，可是到昨天為止，已經有三萬九千一百十一位老人家，等不到那每個月三千塊錢而往生了。」我很習慣這開場白，也知道他所舉出的老年人死亡數字，是從內政部人口統計資料，按日期及年齡推算出來。

阿發是不折不扣的台獨建國積極主張者，他的聽眾當然也幾乎全是台獨的同溫層。那位聽眾大概是受不了阿發每天節目的開場白，所以在開放 call-in 時就打電話進來抗議：「阿發！你這樣每天罵阿扁，沒道理。現在還是公元兩千年，今年度的預算是阿輝伯去年編的，你不能算在阿扁頭上！」就是這句抗議話惹怒了阿發，他立即嗆回去：「如果阿扁有心要做的話，他應該在兩千零一年的預算中編列老人年金。現在已經十一月了，你去看看，躺在立法院的明年度預算書中有沒有這筆項目！」

阿發越說越氣：「我從阿扁上台開始，每天統計老年死亡人數，是為了要提醒他，我並沒使用責罵的字眼。現在，明年度的預算書中根本沒有列上任何老人年金項目，難道咱們就該和稀泥閉嘴嗎？」

老人年金是1994年七月，由當時的新竹縣長范振宗首創，阿扁在隔年擔任台北市長的任期中跟進，後來又在競選總統時，把它列為重要政見。阿發覺得明明阿扁在台北市長任內有發放年金的經驗，也有面對朝小野大的能耐，可是當上總統後卻不積極履行承諾，實在很難理解。（結果全國性的老人年金遲至2002年度才開始實行）

某天晚上我趁著酒興問阿發：「你的名字叫林黃發，你到底是姓林還是複姓林黃？」他說：「姓氏有那麼重要嗎？那只不過是一個記號罷了。蒙古人只有名字沒有姓氏，泰雅人父子連名，也沒有姓氏，如果你問人家貴姓，不免令人有些尷尬。」說得不錯，並非每一種文化都能坦然被問「您貴姓」。

依阿發看來，他認為現在所謂的本省人，絕大多數是平埔原住民在清帝國時代歷經幾次的強迫改漢姓（尤其是 1758 年乾隆君下令的全面改姓運動），而漸漸相信自己是閩粵移民的後代。他非常不贊同台灣人普遍認知的「有唐山公無唐山嬤」的說法：「如果現在的台灣人，是唐山來的男性移民結合本土平埔女性而繁衍出來的後代，那麼，難道男性平埔人都討不到老婆，都死光光了嗎？」正確說來，應該是「平埔公娶平埔嬤生出來的後代改姓漢姓」比較合理。

阿發舉出許多人口數量變遷的統計資料，來支持他的平埔改漢姓說法。在乾隆嘉慶年間，很多次族群人數的劇烈變動，並非來自移民，而是出自於更改姓名和變更祖籍。相鄰的前後兩年間，登記祖籍為漳泉的人數暴增，而記載為熟番的人數遽減，顯然那是漢化政策的影響，原有的平埔人大量大量改漢姓改本籍。

本來，名字叫做巴拉比努的某位道卡斯族人，現在被官廳通知：「你不可以再叫做巴拉比努了，你必須取個漢姓。」於是，能夠自己挑姓氏的，就跟著大地主田頭家選擇姓陳，或跟著媽祖姓林。不認識字又不會自己挑選的，就被官家賜姓：「諾！你就姓潘吧，胡從陸路番從水路，海島上的番仔，三點水加一個番字就等於潘。」「還有你你你，你姓周好啦，記住唷，你們姓周的祖先是從武功來的，你們姓李的稱為隴西李氏。」

給你一個族譜，給你一個堂號，現在的武功周氏傳到第三十九代，你就接下去，是第四十代。現在隴西李氏傳到第七十一代，你就是第七十二代，你兒子是第七十三代。

改名字，是改變族群歸屬感，最快速最有效的方法之一。只要一代，張惠妹就認為她姓張，湯蘭花就認為他姓湯，楊傳廣就認為他姓楊。於是，李登輝就認為自己當然姓李，陳水扁就認為自己是漢人陳家的後代了。

太多的人說：「有呀有呀，我們家有族譜耶，我們姓劉的，傳到我是第六十四代呀。」阿發總喜歡質疑：「你確定?你的五十三代祖先不是在 1758 年插隊進劉家祖譜的？」阿發會進一步分析：「你們劉庄從前叫做古崙社，是巴布賽的棲地，部落人口兩百上下。1756 年有一族十來口的漢移民遷入，來自漳州府平和縣長樂鄉劉家村。當時漳州長樂的劉家村總人口數，也只不過一百九十多。有十來口人過黑水溝到台灣，外出移民比率算不少吧？」

可是三年後的 1759，古崙社改名為劉庄，人口統計資料寫的是漢族劉姓增為兩百一十六，以前的巴布賽族人數歸零。原本移進來的劉家人數，在短短三年內暴增到超出唐山漳洲原鄉的總人口。你用胳肢窩想也知道，人口統計數字的變化絕對不是源自遷入遷出，而是改名改籍貫的結果。

阿發從戶政統計數字的變動情形，來解讀族群淵源的問題，居然跟林媽利醫師的遺傳基因分析，有異曲同工的吻合。

「簡老大，我阿爸姓林，但是我不曉得我的父系祖先是在什麼年代參加或插隊到林氏祖譜的。」阿發說，他們林家堂號西河，可追溯到殷代的比干，但是阿發只見過自己父親，沒辦法確認更早以前的祖先在什麼時代加入林家團隊。所以他阿爸過世時，阿發不願在父親墓碑上記載西河堂號，只刻上自己有把握的「宜蘭三星天送埤」七字。

阿發倒是對母系長輩認識得比較多，他告訴我，小時候受到外祖母照顧到八歲。他的外祖母是烏克蘭軍官和葛瑪蘭配偶的混血兒。外曾祖父是 1895 年俄國沙皇派來台灣維修機關槍的技術人員之一。當年，清國把遼東半島南部和台灣割讓給日本，引起俄德法三國干預。先是逼日本歸還遼東南滿（清國付錢贖回），再來是法國軍艦在淡水河口守護，幫唐景崧草擬台灣民主國獨立宣言，德國水兵從大稻埕上岸維持秩序。俄國則派一隊技術軍官火速送來二十四挺剛剛發明的機關槍支援林朝棟、林李成和陳秋菊等人。

阿發的外曾祖父就加入三貂堡秀才林李成的部隊，直到 1899 年十一月林李成於頂雙溪之役陣亡後，這位軍官才躲入三星鄉山區娶葛瑪蘭少女而安家落戶。

阿發故鄉在宜蘭三星鄉天送埤，時常邀我去他家鄉。他說，天送埤有四樣名產，是銀柳、上將梨、三星蔥和茭白筍。我很想去，但是沒積極成行，每次都回答說：「好哇好哇，下次有機會一定去……。」

一愰三冬，再愰一世人。

阿發在 2008 年夏初中風辭世，我想，自己去天送埤，看看好朋友的故鄉。想著想著愰著愰著，阿發去天國十年了。我告訴自己，有些事情想做就做吧。

在古樸的天送埤車站木椅上啃蔥油餅時，我真希望阿發就坐我旁邊。

南靖的蕭氏和簡氏

那天，去參加海基會的秋節聚會，晚宴時，與人力資源管理大師蕭新永兄隔鄰而坐，酒酣耳熱之際，聊起同為漳州南靖遷台的後裔，倍感親切。

福建省南靖縣，是台灣漳州人的主要祖籍地之一。根據南靖台聯記載，南靖五十三姓氏，在清代陸續遷台立堂設庄，開枝散葉到現在，已有一百多萬人，約占台灣人口的百分之五。

蕭家與簡家祖先同樣來自南靖。蕭字和簡字的筆劃都很多，孩子們幼年時期學寫自已的名字很辛苦。

我小時候曾羡慕人家姓王或姓丁，筆劃少，很好寫。但是，自從聽過兩則故事後，就不再羨慕了。

第一個故事，是旁聽阿爸和他換帖兄弟開玩笑說：「王字無半撇，加一撇就變成生。」

生字閩南語發音為 Lan，是不雅的字眼。例如說人家不自量力是「生鳥比雞腿」、諂媚拍馬屁是「扶人生葩」（現在的流行用語是 P 人家的 LP）、個性差勁是「生涎」、不知天高地厚是「生神」。

王字只有三橫一豎，當然沒半撇。閩南話無半撇的双關語，是沒什麼本領，相當於現代流行語的無啥洨路用（無三小路用）。

「王字無半撇，加一撇就變生」是消遣人家平常沒本事，有點小表現就跩得二五八萬，或是形容稍微給點顏色就開起染房。

第二個故事，是看父執輩在介紹新朋友時，其中一位自稱姓蕭，對方在握手致意時笑著說：「佳在汝姓蕭，姓王汝著死。」說者聽者都哈哈大笑，很開心。

我問阿爸，那句「好在姓蕭，不然如果姓王就慘了。」到底是什麼典故？

阿爸說，那是從前的人在諷刺草包官員的笑話。

有位警察，逮到鄉民違規，準備告發時，斥問鄉民姓名。違規者儒儒報告說姓蕭，警察告誡他以後不要再犯。因為蕭字筆劃太多，警察不會寫，所以鄉民逃過一張罰單。如果這傢伙姓王的話，就完蛋，警察會寫。

新永兄聽我這故事後，很得意，原來姓氏筆劃多，也有這好處。

我告訴新永兄，遇到笨警察時，你們蕭氏比王氏幸運；但是如果碰到我們姓簡的，還是免不了要被吃豆腐。

我聽過阿爸對蕭叔叔開玩笑：「蕭字彼呢濟劃，嘛是無恰半撇。」

閩南語「劃」與「話」同音，蕭字筆劃多，「彼呢濟劃」的同音詞是「那麼多話」。阿爸說，蕭字筆劃再怎麼多，也只是橫與豎，沒有半撇，雙關語是：「話說那麼多，沒什麼實質本領。」

簡家敢消遣蕭家，是因為簡字第一劃就有撇。

其實，也不全然簡家消遣蕭家，我聽阿爸說，從前蕭家庄諺語：「蕭庄長簡秘書賴會計」，表面上是連續稱呼村裡的三位官員，然而，因為簡字的閩南發音敏感，所以乍聽起來很像是說，蕭村長與秘書發生曖昧後，把責任塞給會計員。

我想，這諺語是蕭家的反嗆吧。

近藤時空對話錄

清晨好夢正酣時，近藤十郎來造訪：「哈囉老學弟老鄰居，我知道你這些日子在估狗蒐尋我。」

近藤十郎 1904 年畢業於東京帝大建築科，一甲子後，我 1964 年考進台大森林系。台大從前是東京帝大的分校，所以他稱我老學弟。

這位老學長 1906 至 1924 在台灣總督府土木局營繕課擔任技師十八年，最初住台北西門外街二町目五十二番戶（現在的中華路西側靠近武昌街口鴨肉扁隔壁）；我 1945 出生於西門口，阿爸在成都路八十六號（現在的國賓戲院旁成都路與昆明街口的三角窗）開店，所以我們算是老鄰居。

近藤十郎在他所設計的西門紅樓 1908 落成後，才遷到東門町的總督府官舍。

小時候阿母常牽我手去西門市場買菜。我們有時從成都路媽祖宮對面騎樓水果攤旁巷道（現在蜂大咖啡旁）進去，有時從西寧南路側的蛇店旁進去。很少走漢中街派出所旁的八角樓，除非是去八角樓邊的商店買書包制服和運動鞋。

我問學長：「你把西門紅樓設計成八角樓加一個長十字形賣場，你是基督徒嗎？故意在第一個作品中暗藏宗教密碼？」近藤笑笑說，沒錯我信基督，然而我是在紅樓落成九年後 1917 才受洗的，而且，紅樓也不是我第一個作品。

近藤十郎畢業後來台灣，沒進總督府當技師之前，就在 1905 設計了新公園裡的後藤新平銅像，以及艋舺公學校（現在的老松國小）1907 落成的第一代校舍。

可惜這座木製校舍只服役十一年就在 1918 被白蟻蝕毀。現在的老松國小校舍是白蟻之災後改建的第二代。

台大醫院的中央塔樓
隱身在正面山牆之後

我告訴學長，童年除了跟阿母去西門市場，也常陪媽媽搭三輪車到大學病院。我最喜歡院外弧形的長石階、大廳高聳的園頂，以及中庭的錦鯉池。

謝謝學長精心設計，這座1916落成的台大醫院西址舊樓，是我童年的夢幻地、是小妹扶真的出生處，也是我這幾年來每季例行回診抽血的地方。

近藤提醒我，很少人注意到被正面山牆擋住的中央塔樓，以及它古樸的綠色銅瓦頂。學長要我下次特別留意，只能從醫院正門東側，在常德街上汽車道入口處，才能看到。

1952 我得到台北市小學生一年級會考第一名，榮獲當時市長吳三連獎狀。那時候台北市政府在長安西路舊址（現在的當代藝術館）是近藤十郎設計，1920 年啟用的「建成小學校」。

1957 我以台北市初中聯招榜首考入建國中學。渡過初高中那美好青春歲月的建中校舍紅樓，正是近藤十郎 1909 年的作品（當時稱為台北一中）。

我告訴近藤學長，他 1906 到 1924 在總督府土木局營繕課當技師，我阿爸簡慶祥於 1940 年代終戰前在總督府土木局測量隊，這也算是先後期同僚吧？

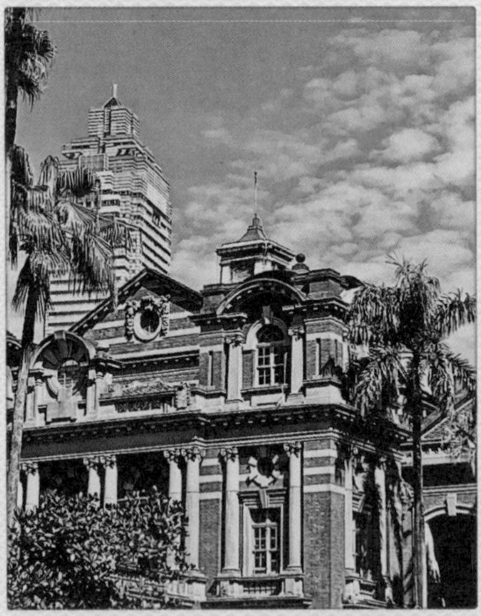

只有從這角度才看得到
被山牆擋住的中央塔頂

讀建中時，我們搬到圓山中山北路四段十七巷（現在的圓山飯店牌樓附近），每天下課搭公車在圓山動物園下車，走過中山橋回家，都會看到橋畔基隆河邊一棟西洋童話式的建築。後來知道那是 1913 年近藤十郎為大稻埕茶商陳朝駿設計的圓山

1913茶商陳朝駿別墅兼招待所
陳氏十年後過世家道也漸衰
日治末期曾作為憲兵隊拘禁室

1954～1977為立法院長黃國書宅
目前產權屬於台北美術館

別館（現在歸屬台北市立美術館，稱為台北故事館）。

我問學長：「你們那時候的建築設計，很多採用紅磚灰飾的文藝復興風，怎麼對圓山別館做出台灣少見的英國都鐸式作品？」

學長笑笑：「你別忘了，我在東京帝大師事 Mr. Josiah Conder 是舉世聞名的英國建築師。」

笑顏中似乎隱隱有些落寞，我想近藤學長可能在惋惜那些毀於戰火的其他作品吧？1912 的基隆郵局、1908 的彩票局……。

那天沒看到國王與我

1936 年落成的台北公會堂，規模僅僅次於東京、大阪和名古屋等三個城市的公會堂，在日本排名第四。

建築物的外牆採用卡其色，台語沿用日本話，叫作「國防色」。這是一處充滿諷刺性和對立性的歷史故事舞台。

充滿諷刺性與對立性
的歷史舞台

座落在西門附近，是我小學和初高中時代熟悉的的遊憩地。我初入金融界的日本勸業銀行也位於鄰近的博愛路上。

日本人蓋公會堂之前，這周邊一帶早已是台北的行政中心。有布政使司衙門、巡撫衙門和欽差行臺等官家廳舍。清帝國的劉銘傳、邵友濂、唐景崧等傢伙都在這兒耀武揚威過。

唐景崧於 1895 五月下旬在欽差行臺發表台灣民主國獨立宣言。這廝的伯理璽天德（President）只玩了十來天，就捲款落跑，換日本首任總督樺山資紀在這兒舉辦始政式。

從 1895 到 1919 新的總督府（現在的總統府）蓋好之前，有七任總督在這兒

辦公。後來，阿本仔把台北城牆連同西門（寶成門）以及清國時代的官廳舍全部拆掉，只留下欽差行臺移到植物園去涼快。

阿本仔臭屁沒幾年就捲鋪蓋，1945 十月陳儀代表盟軍在這兒受降，同時把公會堂改名為中山堂。

1945 陳儀在這兒代表盟軍受降
1946 老蔣在這陽台接受歡呼

這傢伙擔任唯一的一屆台灣行政長官，在兩年後的二二八事件和台灣人結下樑子，行政長官職位改成省主席，由魏道明坐。陳儀也在 1950 浙江省主席任內投共不成，被抓來台灣「槍決可也」。

1946 年十月，老蔣首度來台灣，在中山堂的陽台接受群眾歡呼。沒想到，三年後這位民族救星世界偉人會再來台灣住到滿、住到掛。

國民政府被老共打到台灣後，中山堂變成國民大會的會所，一批不必改選的國大代表，在這兒選了好幾次同一個人當總統。但是，陪榜的副總統人選，從陳誠換為嚴家淦。很多年後，老蔣駕鶴西歸，嚴家淦遞補為總統。但是他只補完原先老蔣的任期就下台，換蔣經國帶謝東閔出來搭檔，投票的還是那群老國代。

那時候流行一則笑話：有幾位德高望重的老國大代表，躺在病床，吊著點滴掛著尿袋，被人推進去執行六年一度的神聖職務。第一天拿到總統選票時，看到票上印的名字跟六年前的偉大領袖不一樣，就賭氣（或是刻意表現忠貞）不肯蓋章。國民大會的職員親切地向老人家解釋：「蔣公已經過世了，現在這一位是老先生的兒子。」國大代表聽了直點頭：「嗯，這個好！」就蓋下神聖的一票。

隔天選副總統，老代表記得六年前蓋的是嚴家淦，這回看了選票上印著謝東閔的名字，不待隨從人員解釋，就點頭讚嘆：「嗯，我知道我知道，這是嚴家淦先生的兒子。這個好！」

那些年裡，在中山堂舉辦過好幾次國宴，接待過美國的尼克森（當時是艾森豪任內的的副總統）、菲律賓的賈西亞、韓國的李承晚、伊朗的巴勒維等人。這些外國領袖來台灣訪問時，我還只是個年青的中學生，不能參加國宴，只能由教官帶隊去南京東路搖國旗。

後來又有好幾位元首來訪，包括越南總統吳廷琰、泰皇蒲美蓬、約旦國王胡笙、沙烏地阿拉伯國王費瑟、美國總統艾森豪等人。這些貴賓有沒有被接到中山堂？還是改去台北賓館？我不太清楚，因為我在南京東路搖完國旗就解散了。

國民大會不開會，或沒有國賓國宴時，中山堂很好玩。第一，它的中午自助餐很好吃又很便宜；第二，樓下的理髮店價格非常親民；還有，中山堂的大廳座位很多，租金很低，我們學生時代很喜歡租中山堂的禮堂，放映二輪電影來賺取班費。電影票印上「建中高二四班與北一女某某班合辦」就很好賣。

有時候，有人比較賴皮想逃漏稅金，會在電影票印上「免費贈送」字樣，但這種勾當有點危險，如果賣票收費又被稅務局抓到（通常是別班同學舉報），會被罰款，還要被學校記過。

1962 年四月一日星期日，我們足球隊十多條好漢，人手一張免費招待的電影票，興沖沖到中山堂去看尤伯連納主演的國王與我。我不記得這些招待券是哪個傢伙搞來的，反正，同學們當中不缺這一類神通廣大的人物。

放映時間是下午兩點，我們一點半到達時，中山堂大門還沒開。騎樓下三五成群的中學生，漸漸越集越多，我們樂得在入場前免費欣賞周遭的女生，順便品頭論足一番。

到了一點五十分，大門應該開但沒開；過了兩點十分，有些人開始暗罵中山堂官僚不守時。到了兩點二十，群眾傳出消息，說今天四月一日愚人節，原來大家手中的招待券，是不曉得誰發明的愚人節大型玩笑。

後來，群眾就哈哈笑漸漸散去，沒發生暴動。

三十八度的汗與淚

2016年七月，連續幾個星期都是三十七八度的大熱天。

阿姊與老二阿仁同住，在環河北路旁接近民族西路的老式公寓二樓。白天兒子媳婦出門工作，孫兒上學，姊通常會在早餐後，穿過迪化街二段的巷子走到延平北路昌吉街口一帶，與熟識的鄰居故舊坐坐聊聊天，過了午後才回去。

我每月月初送錢去給大姊，習慣與姊約在她經常串門子地方附近，延平北路三段廣順中醫診所的走廊會合。我刻意挑在十一點左右到達，這樣就可以順便一起到隔壁的昌吉便當店吃午餐，然後再陪她走回阿仁家。

出門前總會先打電話告訴姊，說我要從新店出發囉。而且特別強調：「姊你不必先到廣順中醫等我，我現在正要出門，半個鐘頭後才會到，我出了大橋捷運站再打電話給你，那時候你再出來就可以。」

我從大橋捷運站走到廣順大概三分鐘，姊串門子的地方就在廣順診所對面，走過來一兩分鐘就到。

我若不這樣交待，大姊會在我從新店出門那一刻起，就站到廣順走廊上等，這樣我會很不捨，尤其是大熱天或寒冷天，讓姊在外面等，很不孝。

很珍惜這每月一度送孝養金兼問候的見面日子，有時太忙或

出國，就拜託小妹扶真代勞。扶真上午時間到公司辦完事，下午開車去，直接送到姊住處。環河北路邊不好停車，所以姊就下樓到扶真車上，姊妹倆在路邊暫停的車上見面聊兩句。我因為沒有停車問題，所以可多陪阿姊幾小時。

扶真說：「阿姊最愛二哥啦，每次我送孝養金去，姊坐到我車子前座，第一句話就問『你二哥很忙喔？』而且，每隔幾分鐘就回頭望向後座，好像多望幾眼二哥就會出現。」

我們不考慮用匯款或轉帳，一來，年逾八十的大姊可能不會處理存款提款的電子作業，二來我們不願錯過每月見面的機會。

那天，我援例在走出大橋頭捷運站時，撥了第二通電話，告訴姊說我已出站就快到達了，姊回答說馬上出來。

我在中醫診所的走廊邊，頂著三十八度熱氣，站到巷口路旁抽煙，有點快要中暑的感覺。心中想著，前幾天大姊說她揹過十四個小孩的往事。

我們一直總以為大姊揹過十二個小孩，包括我們六個弟妹，和她自己的六個子女。上星期聚餐時才聽她說，原來另外還有兩位。

那是介於大姊與大哥之間，在 1943 同一年間相繼夭折，五歲的我哥阿明，以及當年三歲的另一姊姊金子（Kaneko）。

等了很久，大姊還沒到，我有些慌，阿姊如果是從附近串門子的鄰居家走過來，只要一兩分鐘，若是從家中走過來，要七八分鐘。

（後記：從環河南路家中到延平北路昌吉街口的中醫診所這段路，2016 年阿姊八十三歲走七八分鐘，2017 年夏天以後，這段路姊要走十五分鐘，2018 年變成二十幾分鐘，到了 2019 年，就坐輪椅了。）。

我開始責備自己，剛才怎不在電話中問清楚，到底阿姊是在家哩，還是在串門子？如果大姊在家的話，我直接送過去就好了，何必讓她頂著大熱天的太陽走出來？我站在走廊下不動，都已經滿頭大汗，阿姊如果從家裡走來，下樓梯時跌倒或在路途上昏倒怎麼辦？

過了半小時多，我哭了，情緒崩潰越哭越不可收拾。肩上一條毛巾拭汗拭淚已濕透，想的都是不祥念頭，而且都是我造成的。

最後憋不住，忐忑地再撥了電話，原來大姊在她家樓下等我。

因為上個月是扶真送到她家，所以這回他就以為我也會送到家，於是，就從串門子的鄰居處專程

趕回家中，站在樓下等我到達。

在電話中聽到阿姊的聲音，我如釋重負，三步併成兩步，半跑半走的趕到她家，一點也沒感覺到三十八度的高溫與正午烈陽。

見到等候在樓下的阿姊，她左手柱著拐杖，右手拿著兩把陽傘，說是一把要給我遮陽用的。我拉下肩上的毛巾擦拭臉，不曉得是汗還是淚。

雲之戀

1934 年阿姊出生才七十天就進簡家
姊學名簡愛君，乳名阿雲
我們這些弟妹都是阿姊揹大的
換句話說我們是在雲背上長大的

全員集合

前天傍晚講完課回來，在桃園接到阿姊電話：「永光，你在休息嗎？有沒吵到你？」我說剛剛下飛機，很高興聽到姊聲音，並趕緊問候阿姊身體可好。姊說摔跤受點小傷，擦藥水好很多了，叫我免煩惱。我說明天透早去看您，姊聽了很歡喜。

掛上電話，才看到手機中顯示，這是一個小時內第四通來電，飛行途中漏接了三通。

於是利用等公車的空檔，發了群組簡訊告訴弟妹，原想讓他們分別用電話問候姊，可是十分鐘內每個人都說明天要一起去。小妹說：「哈哈明天我們全員到齊，姊一定很高興。」

早晨我們坐在扶育車上，看藍天飄著美麗的雲，我口中輕聲唸著兩萬呎是卷雲、一萬呎處是層雲和高積雲、兩千呎那朵是積雲。順便向後座的扶桑和扶真解釋，我服兵役時是空軍氣象官，分科教育是氣象專長。

姊好像忘了傷痛，興高采烈細數昔日故事給我們聽。我們聽得入迷之餘問姊可曾睡得安穩。姊說小傷沒大礙，昨晚可能是喝了杯紅茶，到凌晨兩點才睡。我想應該不是紅茶作祟，是姊知道我們全員集合，高興得失眠。中華民國空軍氣象官看得懂雲的心事。

我們聊到前幾天電視上報導，好幾位消防員在救火時殉難的事。姊說這些救人的英雄很可憐耶，應該好好慰問和補償他們的家屬。

我說，火災最可怕。阿姊告訴我們火災排名第二，最可怕的是地震，第三名是打雷，第四名是爸爸的嚴峻臉色。我們非常訝異，姊居然用標準的東京腔，唸出日本諺語中這四樣「世界上最恐怖」的東西。

じしん（地震）かじ（火事）

かみなり（雷）と おやじ（親爺）

Ji-sin Ka-ji

Kaminali to Oyaji

幾十年來，我們印象中的阿姊總是離不開廚房、洗衣和照顧小孩。所以，很自然就誤以為阿姊沒唸過書也不識字。可是，聽姊說故事時，都覺得她用詞遣字很古典很文雅。譬如起霧她說罩茫、有人往生她說老去、出殯她說出門。而且姊很會用成語諺語和歇後語。我們更忘了，阿姊小學受的是日本教育，她懂日文。

弟妹們各有事，先離開，我陪姊去吃午餐。還沒吃完飯，就接到小妹傳來她在路上拍的雲景。扶真讀得透二哥剛才看雲的心事。

元宵節的雲霄飛車

昨天去看大姊，晚間自己在家煮了鹹湯圓作為元宵餐，很快樂。

今天上午拜完祖先後，趁著洗衣晒棉被的時間，把手機放在房間內的矮桌上充電。現代人好像手機離身一小時就恍如隔世，所以我晒好棉被回房，第一件事就是打開手機。

我差點腿軟！

還沒輸入密碼，就看到黑底螢幕上顯示大姊來了三次電話，我漏接。細看時間，距離姊來電已過了一小時二十分鐘。我心頭怦怦怦，腦際轟轟轟，一面罵自己一面急著撥回電。

罵自己，明明是現代人，幹嘛讓手機離身？陽台明明有電源插座，幹嘛把手機放在房間充電？我又罵電話公司，從前，開機輸入密碼只要四個數字，幹嘛現在換了新程式，要輸入六位數？耽誤時間急煞我也！

同時想著，昨天大姊好好的，我稱讚她腕鍊漂亮，她笑得很開心。姊告訴我說她童年住埔頂時，有一次感冒發高燒，阿嬤去大溪觀音亭求爐灰讓她泡水洗面的故事。又告訴我扶育長得跟阿嬤幾乎一個模子樣。

漏接三通來電耶！一個多鐘頭了耶。

我好不容易回撥成功，響到第六聲時終於聽到大姊的聲音了。原來是姊要打電話給女兒時，心中想著弟弟，所以誤撥我的號碼。姊說永光對不起對不起，我說阿姊沒關係沒關係，聽到你聲音，我很歡喜。

快樂的元宵佳節，我的心情坐了免費的雲霄飛車。

自首

上個月我在美國，所以就由扶真送孝養金去給阿姊。

兩週前的一個下午，我大概因為時差而睡得迷迷糊糊，接到姊打電話來，姊聽得出我聲音疲憊無氣力，不敢與我多言，親切問候兩句就匆匆道再會。

我感到自己很不孝，再怎麼累也應該回答說沒關係多聊一些，最起碼也要問候阿姊身體健康狀況才是。我居然只回應嗯嗯兩聲就讓姊掛電話。更可惡的，我沒有在稍晚或隔天撥電話回去。

於是，我就在心裡罵自己。阿姊會打電話來，不是身體有點病痛就是想念弟弟，我怎麼這樣寡情，沒問清楚就結束通話，而且，居然還繼續睡得著。我覺得自己越來越像一坨那個那個東西，卻又不敢承認，所以我就開始逃亡。

我逃去台東池上穗浪間、逃去三仙台礫灘旁、逃去龍鳳漁港躲在拍賣魚獲喧囂聲中、逃去新埔隱身柿餅山谷、逃去碧潭後山螢火蟲步道。然而，逃不開日益嚴苛的自責。

我滿懷愧疚去自首。

阿姊很高興，今天點的菜比她平常自己去吃還多很多，每一樣都招呼我：「吃魚，永光；菜花，永光；苦瓜你吃嗎？永光喝熱湯……」其實，餐廳老闆娘端來的兩碗白飯，我看份量幾乎相同，可是姊能分辨其中差異：「永光，這碗比較大給你。」姊把魚骨頭剔掉才打包，說是帶回去的東西也要垃圾減量。

餐廳的阿桑和客人都知道弟弟讀台大的，要考的喲。阿姊今天很風光。

扶著她走回家的路上，姊說要走另外一條巷子，讓我看幾間老屋，興冲冲告訴我那些門窗裡面的故人舊事。姊記得上個月對我解說過的細節，所以今天講的故事幾乎沒有重複。也許你會誇讚我姊八十四歲腦筋很清楚，不反覆嘮叨同一話

題；我覺得姊是把弟弟當作她日子裡的全部，所以今天的相會只是延續上回見面的劇情，不會重疊。

回家的巷弄中，姊興高采烈與熟識的人打招呼，介紹說這是我的弟弟。

進了家門，姊另外拿一雙比較白淨的拖鞋給我穿，又講了很多阿爸阿母阿嬤的往事，我很愛聽。

坐在浴盆哭的老小孩

現在連絡大部分用 line，很少用電話。昨天晚上泡在澡盆時，突然手機電話鈴響，阿姊親切的聲音：「永光，你身體艱苦？」我說不要緊啦，閃腰而已，已經給拳頭師推了，很快會好。聊了一陣子掛上電話後，我坐在檜木浴桶嚎淘大哭。

從小就懦弱膽怯，怕黑又怕鬼，上廁所都要阿姊在外面站著陪，而且門不能關，要是沒看到人，我還是會怕。還有還有，一直到青春期生理發育前，都是姊幫我洗澡。

進入青春期氣勢較旺，就敢獨自上大號，後來發覺蹲在裡面可以偷抽菸偷看黃色小說很棒。再後來，有抽水馬桶的時代，不必每次找人陪，水箱上隨時都有幾本當期的黨外雜誌，信介仙老康他們都聽過我的嗯嗯聲。

這幾年喜歡讀台灣史，揆一、施琅、後藤新平、陳秋菊都被我召喚來伺嗯伺浴。我不找馬偕，怕他以為坐式馬桶是拔牙椅，這洋鬼子拔了很多很多台灣人的牙齒，少惹他卡無代誌。悄悄告訴你，林北棒賽時，江澤民和胡錦濤也來過。

我喜歡後藤新平，醫師出身的他，把現代化衛生習慣植入台灣。那時候台灣人的問候語，從「汝呷飽未」改為「汝有打棉被拚厝內無」到今天都還用打拼這兩個字。

有了平板電腦之後，影藝界各帥哥美女都偶爾陪我泡澡。

腰傷那幾天，洗澡不方便。一三五乾洗二四六免洗禮拜天休息，頭上雖沒幾根毛，但是會癢。昨天去冬山河釣魚回來，告訴自己時時是良辰，所以就不挑今天是禮拜幾，直接去洗頭洗得很爽很想唱歌。可是，卻在接完阿姊電話後，猛然覺得好像回到童年，生病時有阿姊疼惜呵護問候，想著想著，就情不自禁眼淚潰堤，哭得什麼歌都沒唱。

好友王伯鑫令先翁的告別式上，徐樹人兄擔任司儀所講的幾句話，深植我心多年。樹人告訴我們，伯鑫兄在他父親的最後幾年，每星期固定有一天上山幫爸洗頭，那是王伯伯晚年最期待的溫馨時刻。

洗頭真的很舒服很輕鬆，我想，與其我自己洗頭唱歌，不如以後送錢去給姊時，除了陪她吃飯之外也陪她去洗頭，唱歌給她聽。當然，如果我稍加練習，弟弟幫姊洗，會更好。

小時候，望春風是姊教我唱的。

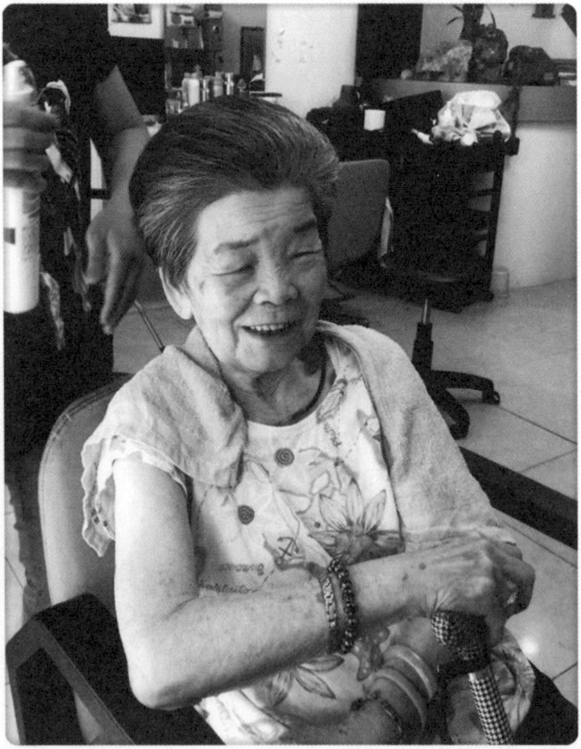

空的冥想

童年時期，家住西門町，店門口的馬路邊有阿山警察輪班站哨，其中有位親切的大哥哥，孩子緣很好，我們喜歡圍著他笑鬧。某天，他檢視孩子手掌一一為我們算命，說我以後會當空軍。

我覺得當空軍很偉大，所以很高興。那次算命之後過了很多年，每看到天上有飛機就雀躍不已，沒飛機的時候，也喜歡對空冥想。

果然，大學畢業後在清泉崗當了空軍少尉氣象官，可是直到退伍也沒搭過飛機（兒童樂園不算）。

第一次搭飛機是 1970 年九月，去花蓮中華紙漿廠報到。那時代搭飛機真是貴賓級待遇，有免費巴士把我們從市區館前路載到松山機場，在花蓮機場又有免費專車送我們到花蓮市區火車站前。螺旋槳飛機從松山到花蓮的航程大概半個多小時，上飛機坐定後，就有美麗的空中小姐遞來熱毛巾和香菸。

沒錯，是香菸。

中華航空特別訂製的小包裝長壽菸，四支一盒很漂亮。小姐親切地問：「先生抽菸嗎？」所有的旅客不論抽不抽菸，每個人都點頭，免費香菸和精美的火柴盒不拿白不拿。那年頭，沒有什麼二手菸的禁忌，密閉的機艙內煙霧迷漫也沒人計較，只要有免費贈品，大家高興都來不及。至於嗆鼻的煙味和汙濁的空氣，根本就是理所當然的事，誰會覺得不滿誰會抗議，一定被看成神經病。

我喜歡「空」字的禪意，可以是 sky 也可以是 empty 。台語發音念「空」或念成「康」，含義迥然。

日文音讀空氣的空，是「酷」，訓讀天空的空是「梭啦」，什麼都沒有的空則是「卡拉」。日本人就用這個卡拉，加上英文字樂團的 orchestra 組合成「卡拉 OK」表示那是虛擬樂隊伴唱。

在飛機上或密閉室內抽菸，從理所當然變成受到限制，最後變成過街老鼠完全禁絕，風氣的轉換歷程好像用了二三十年。

1987 年住菲律賓，幫當時的石油部副部長賈西亞先生去開發一個他剛買下的小島拿帕亞灣（Napayawan）。

小島位於菲國中部瑪斯瑪提（Masbate）大島的西北端。去時從馬尼拉搭一小時飛機到宿霧，換吉普尼（jeepney）折騰四小時，到宿霧島北端的港口達安班塔延（Daanbantayan），乘小船（螃蟹船 bancas）四小時到 Masbate 南端小港米拉格羅斯（Milagros），徒步兼騎馬穿越島上森林，到 Masbate 北端稍大的港口阿羅羅伊（Aroroy），再從 Aroroy 換乘小船 bancas 到目的地 Napayawan。

後來在回程時，我嫌旅途太勞頓，賈西亞包了一架四人座單螺旋槳小飛機接我從 Aroroy 回宿霧。航程一小時，包機單程費七百美元。

小飛機的內部像咱們的計程車，乘客必須幫忙搖機首螺旋槳，讓駕駛員發動引擎後才能登機。

Aroroy 只有碎石子鋪成的跑道，沒有其他設備，我們起飛前花了約一小時撿拾稍大的石塊，讓飛機滑行順暢些。

駕駛員頭戴布帽，腳蹬拖鞋，很像咱們鄉下火車站前攬客的野雞計程車司機，只沒嚼檳榔。

1997 從北京搭中國國際航空去烏蘭巴

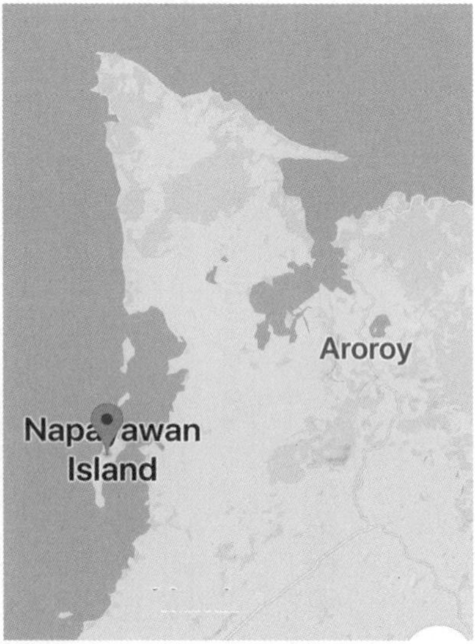

托，到達時，服務員的廣播是：「女士們先生們，我們即將降落，請坐在座位上的旅客繫好安全帶，請中排輔助座椅上的乘客緊握住您左右兩邊座椅的扶手。」

原來中央走道上加了一排塑膠板凳，我不知道他們的票價是打幾折。

1999 年從波多黎各搭二十人座的飛機去聖文森，滑行到跑道頭，飛機停了下來。廣播說：「我們有些 over booking，現在徵求兩位自願下機者，本公司保證明天同一班次確認有座，並招待旅館一宿三餐外加一百五十美元零用金。」

我問外交部的李博士：「咱們趕不趕今晚到達？」李博士示意要我別魯莽舉手，並低聲告訴我說行情是美金四百五十元。

果然，零用金一加再加，到四百五十元時，就有兩個人舉手，其他乘客報以熱烈掌聲。

李博士解釋說，那兩位志願下機的老面孔是固定演員，是航空公司員工工會每天偷公司錢的代表：「簡教授如果你剛才舉手的話，就是擋人財路，會被請到底艙認領行李折騰一番，最後再告訴你，好啦好啦沒事請回座，你就是耽誤大家時間的討厭鬼。」

而且，當你被請去認領行李的時候，那兩位老車手還是會特別表明說他們沒有行李，最終獲選為優先拿錢下機的正牌志願者。

生前告別式

大約1980年代初吧，那時候九份和金瓜石都還不是熱門景點。我們台北露營車俱樂部透過顏甘霖先生的安排，去台陽礦業的招待所渡假。

顏先生說，採金正熱的時代，九份是全台灣酒家最密集的地方。然而我們去渡假時，九份已是荒涼蕭條至極。夜裡漫步幽幽暗暗老街，找不到一丁點昔日繁華的跡象。

幾個老友喝到凌晨三四點，五六分醉，七歪八斜逛九份，幻想會有一戶枯等五十年才有客上門的酒家，門口斜倚著兩位年逾七旬的昔日紅牌酒女，咧著缺牙笑顏招呼：「椅拉下姨媽歇」。

瘋到凌晨三點半回宿舍，裡面榻榻米的好位置早已被攜家帶眷的人佔據，我們單槍赴會的羅漢咖只好睡在邊陲地區的長條木板走道上。

我雖然醉得差不多，但還是很聰明，知道再沒多久天色一亮時，陽光會很刺眼，所以拉棉被罩頭，矇著睡。

睡得很爽睡到很晚，大伙兒早已吃過早餐打包好行李，走廊上只躺我一個棉被蓋頭的傢伙。蘇成宗好心幫我留早餐，政宇就把飯菜擺我棉被旁當腳尾飯，阿杰幫我留顆椪柑上面插兩根筷子，痕台會畫圖，就在我棉被週圍拉起繩子佈置靈堂。很像！

後來我是被敲鍋敲碗的頌經聲吵醒的。那回，伙伴們忙著唱詩假哭，幫我預演告別式，但是他們居然沒設收禮處，也都沒包白包，人到禮不到。

我覺得，趁還沒罹病時，六十五或七十歲之後，每兩年舉辦一場生前告別式很有意義。理想中的儀式，要租個棺材，做入棺體驗而且蓋棺三分鐘，這樣，躺棺者與瞻仰玉容的親友都會有震撼性的感受，並改善開棺後的人生觀與互動交情。如果有祭文或致詞則更好，本人可以即席答覆或致歉致謝或澄清誤會。

我的孩子和孫子都住美國，利用我的生前告別式，他們可以回台多認識我的朋友。我也可以在儀式中，親自簽署將來捐贈大體的志願書。好朋友獻花獻酒的時候，本人起身率家屬答禮，但是酒要整瓶的比較好。

孩子們都同意，所以我的第一場真正告別式是 2014 七十歲那年。

那場籌備得不很理想，新朋友反應熱烈：「老師，我們會去參加。」可是久未見面的老友和親戚都說呸呸呸簡永光起痟。而且租不到棺材也租不到適當的場地。租殯儀館太悲悽，飯店或露營地不同意出借辦這種活動。

我不想辦得太哀傷，也不想辦得太玩笑化，只想趁身體還健朗時，與大家認真地 review 過去、策勵未來。畢竟咱們都無法預料旦夕禍福，及時調整互動情誼及人生觀也不錯。

2014 那次，該來的人不來，平常有密集連絡的人來了也沒太大意義，所以兒孫們回台灣時，我就租了大型遊覽車，連同弟妹，乾脆把靜態的生前告別式改為動態的告別之旅，結果很成功。

我還是期待下次舉辦靜態告別式時，親戚朋友們能擁躍出席，儀式辦得正經一些，要包禮金的可以刷卡或付現，結帳後我再湊個整數捐作公益。

再下次，已包過禮金的人可以免繳，未送禮金的，照物價指數調整最低消費額。我會遵禮俗準備鹹粥和毛巾。

有朋友建議採用網路直播，我暫不考慮。一來沒有臨場激情，二來怕有人不送奠儀就上網參加，三來恐怕本人要致答詞時，賓客已經離線。

風箏

這是我最小的孫子弦叡 2016 年十二月時的模樣，那時候阿叡剛滿兩個月，很可愛吧？

弦叡不姓簡，他姓林，跟他父親同姓。弦叡的母親雖然姓簡，但她不是我的女兒，是我的媳婦。這段說明聽不懂的人請舉手！

正確答案：弦叡的爸爸林蔚谷是我的乾兒子，蔚谷的妻子阿叡的媽媽正巧與我同樣姓簡。弦叡的阿公，蔚

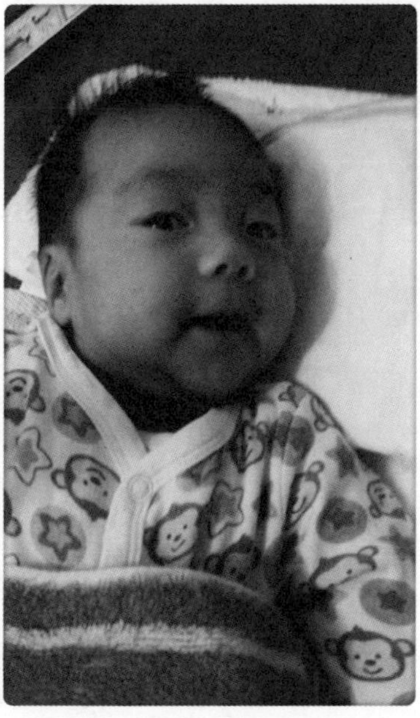

谷的阿爸林紹宏是我的結拜兄弟。

我這位兄弟是曠世才子，讀建中時在我隔壁班，大學念的是輔仁西班牙語系，長得英俊瀟灑，音樂美術文學運動社交樣樣傑出，以現代用語來講，算是女生崇拜的偶像吧。

紹宏很早就嶄露頭角，當過全國青商總會秘書長、青企社社長。我們作夥組合唱團、帶羅浮童軍、籌辦露營協會。

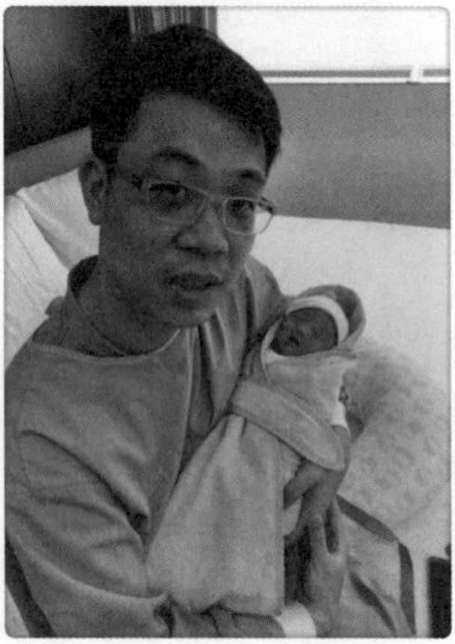

他的領袖魅力無與倫比，大二那年冬天某個月黑風高的晚上，我們從陽明山森林公園營地（現在的陽明書屋）出發，帶著巨型帆布營帳袋去偷摘橘子，遭到農戶圍捕，被逮到警局。做完筆錄之後，居然那些警察伏伏貼貼聽他蓋了一整夜的犯罪心理學和群眾心理學，又乖乖聆聽他用原文演唱各國民謠，還跟我們開開心心剝起我們偷摘來的橘子，官兵與賊共享贓物。

那回之後，紹宏改邪歸正不再作賊也不再教警察上心理學，所以大三那年上成功嶺，在浴室洗完澡找不到內褲時，我去偷別人的內褲給他。為了答謝我這結拜老弟重涉江湖幫他偷內褲，紹宏就免費教我說義大利文唱義大利歌。

我老哥在輔大學的是西班牙文，我很訝異他居然也精通義大利文。他告訴我一個訣竅：「永光我跟你說，任何歌曲，你只要照著旋律，一再重覆地唱『Rin Ah Ma Eh Gu Lin』這句歌詞，聽起來就像不折不扣的義大利原文唷。」

我很認真學他樣子抬頭挺胸，雙掌按在肚皮上，嘴巴像含一粒滷蛋或是棒棒糖，以世界級男高音歌手的神韻唱出 Rin Ah Ma Eh Gu Lin，我試了所有的拿波里民謠，果然，無論套哪一首曲子都很像義大利原文。我問他，這句是不是義大利歌的萬用詞，紹宏說不是啦，那是台語的「您阿嬤的牛奶」用義大利腔唱出來的啦。

紹宏的鬼才點子，總是走在時代前面很多很

多步。1970 年代，他在台北創了幾個開風氣之先的行業，在慶城街開設仙境茶藝館，把販夫走卒的品茗提升到情調茶藝的境界；在八德路開設小品屋，帶動了年青人的時尚；在長安東路開設賓漢酒廊，為當時的企業人士提供了洋酒、禮服女侍、歌星駐唱的高檔夜店；在敦化南路開設萬博設計公司，為工商企業量身打造日誌手冊；在內湖開設妙鷹農場，為各超市供應各種水耕芽菜。在那個時代，每一樣都是創舉。

天會妒！

玉皇大帝不願惹事，怕我這位兄弟點子出得太多太快，把整個世界搞得疲於奔命，所以，在他四十九歲那年，隨便按個腆臟的罪名，把紹宏刑求半年剩下皮包骨，再收押到天國。

幾年後，女兒育如和兒子蔚谷的婚事，就輪到我這不成材乾爹坐主位。還好還巧，蔚谷娶的是簡家同姓，親家公在我去提親時手下留情。

弦叡長得像蔚谷也像紹宏，他祖孫三代都俊俏，看這小子的眼睛就知道跟他阿公阿爸一樣聰明。

紹宏說他喜歡金聖嘆三十三不亦快哉的第三十則「看人風箏斷不亦快哉」。哥呀！你的風箏沒斷吶，老弟思念你怎能快哉？

林育如：

乾爹謝謝您，情真意摯的文字讓我感覺老爸彷彿未曾遠離。這一刻，我正被濃濃的思念與幸福感包圍著。老爸得友如您，我們得父輩如您，真是我們的福氣。相信老爸在風箏那頭也會做如是想。

靈魂出竅集

獨居多年，不知不覺間發展出另類的語言習慣，以及人際互動模式。

我喜歡朋友，年青時期帶過社團活動，也享受熱鬧氣氛和掌聲。現在雖然還是很喜歡朋友，但變得不太能適應超過五個人以上的群聚。經常在同學會或社團的聚集場合中，覺得人數多到相當程度，談話就流於空泛而且乏味。如今大家都有了些年紀，老人家好像常常自我感覺良好，自顧自的，各說各話，絲毫不理會別人對這個話題是不是厭煩，好像人只要多起來，就越來越沒交集，不好玩。

有幾次經驗，七八人的老友聚會，很自然地漸漸分成三個小組，每組都有一位口沫橫飛的主講者在滔滔不絕炫耀當年勇，或在嘮叨那重覆了一百零一遍的陳年雞毛蒜皮。同組的兩三位聽眾很無奈，一面陪笑點頭故作傾聽狀，一面眼角瞄向旁邊尋找轉組的機會。我很笨，常常不會及時逃脫，而淪落為本組唯一聽眾。

如果只有兩三人促膝暢談，會越談越深入，而且覺得很開心很有意義。

這些年來談話的對象，死人比活人多，虛人非人比實人多。我可以泡在檜木浴桶中跟往生的朋友、歷史人物、小說人物、山水星球風雲，或動植物聊上很久很久。跨越時空的聚會或無言的心靈交談，在我的生活當中占了相當多時間，相當大的比重。

現在流行視訊會議，我有時候也會心血來潮，一面泡澡一面召集岳飛、成吉思汗、曼德拉和哆啦A夢，聚集討論薛丁格的貓和柳丁的嫁接技術。我們不堅持一定要有共識，也不堅持要達成什麼結論。有時談累了，也會找文夏來彈吉他唱唱行船人的歌。

其實，我不太喜歡靈魂出竅這四個字，因為我覺得靈魂本來就可以瞬間飛行十萬八千里，不應該被錮鎖在任何竅當中。

七十歲才知道十七歲時為什麼常挨揍

不曉得是不是亞斯博格症，我常被周遭的人嫌棄說沒笑的時候臉臭臭的，家族晚輩也覺得我不搞笑的時候看起來有點嚴肅。

比較熟的朋友直接開罵：「你娘卡好咧，整天繃著苦瓜臉，未輸林北欠你五百兩銀咧。」

親切一點的會關懷：「怎麼啦？看你眼神呆滯，又想到哪裡去了。」

沒錯，思緒常常不經意地飆到十萬八千里外，自己很難控制，所以不知不覺間面無表情，看起來好像很不友善，而且眼睛盯著固定的方向不動。年青時走在路上，常常碰到太保學生說我瞄他而起衝突，大部分都是我打輸。

其實我沒有惡意，只是不自覺陷入瞑想世界而靈魂出竅。我很少在同一個時間只想一個題目，經常是超過十幾二十個念頭瞬間擠爆。有時，是互不相干的各別領域，有些是連鎖衍生又衍生再衍生的主題，這些多元的畫面或思維，同時湧上腦際。換句現代用語，是腦袋同時開了太多個視窗。譬如說與人對話時，我會從對方的衣領或袖口，聯想到紡織品分類、紡織品貿易配額、YKK 或大日本油墨的色卡編號、勞資糾紛、領袖魅力、當鋪、寄生蟲、昨天電視上的新聞、燈塔與瀑布、三國五虎將的獨門兵器……。

在這麼多而且同時出現的思緒下，如果你要問我「現在想什麼」，我根本不可能逐項娓娓道來。如果我在十五種念頭當中只挑一兩樣回答，自己會覺得不夠完整不夠滿意，最後，乾脆就謊稱「沒有啦」，接著又馬上自責不坦白，或自怨表達能力不足，沒能應付人家簡單的發問。

今天上午在等紅燈時，看到路旁的電箱、撬開的磁磚和水泥塊、地上的塑膠圓錐和欄杆，還有全副武裝的建築工人，我又進入內心世界編故事了。

從電箱想到電；再想到電會電死人；又想到觸電時要用絕緣體把人和電源隔開；最後環顧四周，發現路旁三角錐和黃黑相間的塑膠棒是很好的絕緣體。

場域有了道具有了，故事可以開始了。以下是虛構的劇情：

我幻想鞋子裡有顆小石子扎腳底，很不舒服，趁著紅燈還有二十幾秒，用左手脫鞋把它抖出來。左腳沒鞋當然懸空，七十多歲的老人、單靠右腳金雞獨立一定站不穩。我很聰明，應該用右手扶住電箱，把身體重心平均分配到右手和右腳來維持平衡，這樣才不會跌倒。

腦中浮現的鏡頭，是一個糟老頭右手粘住電箱，左手拿著一團像鞋子的東西不斷抖動。這畫面被路邊工人看到，一定認為是老

人家觸電。

於是，旁邊那位熱心的工人就會趕緊過來救援，順手拿起三角錐或是塑膠棒把我的右手頂開，讓我跟漏電的電箱隔離。結果，我右手失去支撐，身體重心不穩，還是一樣會跌倒。

問題來了，那位好心的工人會拿三角錐還是塑膠棒？他會從我右臂上方敲還是從手臂下方頂？我跌倒的時候頭會不會撞到電箱蓋？右腳右手會不會骨折？牙套會不會掉？地上尖銳的水泥塊會不會刮破我的衣褲？如果那時正有摩托車右轉太靠近路邊，會不會被我撞倒？如果摩托車後面有公車，煞車不及怎麼辦？

還有還有，我如果受傷要找誰賠？工人好心救援，他沒錯；電箱沒漏電，台電不必負責；申請國賠必須告得贏新北市市長，律師要敲詐我多少錢？記者招待會要找哪一黨站台？

路燈轉為綠色，我趕緊逃離恐怖現場。

過馬路時，我終於明白，四十年前大兒子家彥念幼稚園，為什麼有一天從家裡走到學校，兩三百公尺要花四小時。直到中午下課老師護送小朋友出來，才發現家彥還在悠閒地瀏覽沿途商店櫥窗。

簡家彥：我想櫥窗裏有很多故事吧。

KF Lee：走路都能靈魂出竅，那是大本事，據說拿破侖的戰略都是在行軍時一面睡覺一面靈魂出竅得到高招的。法國沒有他怎會稱霸？也聽說英國鐵娘子每天只需睡四個小時，都是在早上四點靈魂出竅想到治國方法。英國沒有她，今天就經濟破產了。永光呀，台灣需要你這一類出竅的人唷。

阿杰：你會不會掏錢，去與那工作人員角色互換，拿起工具打那出竅的一頓。

永光：不會啦，我幹嘛掏錢去打工人，太浪費。如果那位工人被我弄倒起屁臉，打起架來我會輸，而且，我比較希望自己受點皮肉小傷，申請巨額國賠，這是商機吶。

怎麼廢話那麼多

在機場候機，其實也沒人惹我這糟老頭，可是我不知道是不是有嚴重的老人躁鬱症還是奧汶咬骨，怎麼每次聽到廣播就覺不舒服？

不是因爲廣播太頻繁，跟我不相關的航班也來強迫我聽；不是因爲廣播員那種不帶感情的宣讀音調；也不是那種電腦合成的拼裝句令人討厭，而是覺得廢話太多，二十個字可以清楚傳達的訊息，幹嘛非講到六十字以上？

「搭乘長榮航空 BR752 班機前往上海的旅客請注意，您的班機已經開始辦理登機，請在聽到廣播後儘速前往 C12 號登機門登機，星空聯盟成員長榮航空公司祝您旅途愉快。」好囉嗦唷。

尤其是那幾字「**聽到廣播後**」，廢話。

我注意聆聽，在緊接著的英文版、日文版中，就沒這幾個畫蛇添足的「聽到廣播後」呀。（偶而台語版有）

在登機口的服務員催告排隊時，也是這麼囉嗦，我好幾次都想去拍拍那服務員的肩膀，告訴他或她，中文的「聽到廣播後」這幾個字可免了。但怕被說是瘋子所以一直沒這樣做。

我不曉得如果有一天，他們把「儘速」改成「立馬」，我會不會一下子血壓飆高？

叢老師：前往上海的旅客請注意，您所搭乘的中國台灣長榮航空 BR752 號航班馬上就要開始登機了，請您聽到廣播之後立刻前往 C（要唸成細）十二號登機口登機，登機時請攜帶（要唸鞋帶）身份證件以便查驗，謝謝您的配合。

夢魘乍醒的存在感

某個晚餐聚會，一群朋友正巧都是建中校友，有人念三年初中，有人念三年高中，有人初高中念了六年，我忝居冠軍念七年。因為初二留了一級。

在銀行時，有位女同事粉絲誇讚問我為什麼懂那麼多，我的回答是：「大學多讀一年呀。」因為大三當掉二分之一被退學，班上同學升大四，我考插班回大三。台大森林系有個讀到三年級被退學的簡永光學號 536503，還有個同名的插班生學號 546542 排在僑生後面。

學生時代喜歡逃課，社團活動是主業，沒活動才偶而進教室，期中考和期末考才勉強進考場，什麼都沒讀，最在意的是要坐到誰旁邊比較好偷看。

應付制式學業和考試，是我一輩子的夢魘，畢業半世紀了，每年有幾夜夢見好幾科不及格畢不了業，驚悚中醒來，常在餘悸中思索良久，才肯定自己確實拿到台大農學士。

謹以照片留證，三妹扶育共影確認。日後若再被惡夢驚醒，可打開手機看照片，穩定心思。

美妃：老師，我到現在也常夢到，考試記錯日期，到考場時人家已考完，教室空無一人，而且，考試忘了帶筆和工具。還有，赴考時等不到公車，也叫不到計程車，便死命地跑往學校的路上，累醒！

永光：我想咱們的升學與考試制度，造成不少人一輩子在考試夢魘中煎熬吧。其實那些教科書真的在職場或人格培育目標上，設計規劃得很適切嗎？我總覺得，在校時書念得好考得好，與出校門後做得成功，好像並不是等號。

謝詠絮：二舅舅，現在學士服很容易租耶，你確定學位是真的？

永光：五十年前台北只一家殯儀館，出租長袍馬褂和瓜皮帽，沒有學士服和方帽可以租。如果現在去租的話，我們兄妹的體態長相很難化妝成照片那樣。結論，我的農學士學位是真的。小絮別再嚇唬舅舅了，不然我的惡夢頻率會增加。你阿舅五年念完大學已經不錯啦，家彥和家昱更勝於藍吶。

竹碳達人秘技大公開

很多偉大的發明，都是無意中插柳成蔭，像青黴素、威而鋼等。我昨天自製竹碳非常成功，謹將秘技公諸親友。步驟如下：

一、上午八點半到市場買綠竹筍打算做涼筍沙拉。
二、九點放一鍋水在瓦斯爐上煮。
三、九點三分水開了，瓦斯轉中間小火，繼續煮。
四、九點二十，天氣太熱去泡冷水澡，很舒服。
五、十點後泡在澡盆玩手機。
六、十二點半穿西裝出門，去參加海基會活動。
七、下午六點半萬豪酒店聚餐，很多大官出席。
八、晚上九點與海基會和大陸台商朋友快樂道別。
九、夜間十點正返抵家門，聞到家中充滿燒焦味。

十、檢查電線插頭，沒問題，到廚房一看，瓦斯爐仍有小火，鍋子全黑，房子沒燒掉，鍋內竹碳成型。

以後儘量用電鍋蒸，避免瓦斯慢煮。漂亮的竹碳留著作永久警惕。

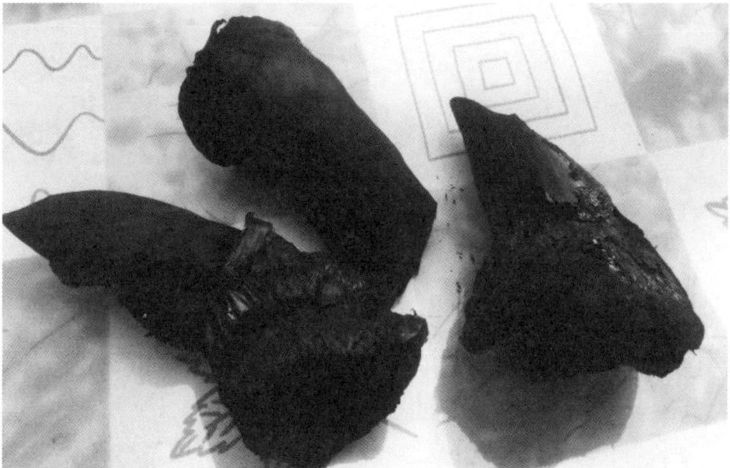

宣示地盤

蘇澳火車站問我：「你多久沒進來了？

我下意識回說：「我不是常來嗎？」

「我知道你常常搭巴士到蘇澳，但你沒進來火車站呀！你頂多在我門口拍張照片就走。」聲音有點哀怨：「你只是要我的站名和招牌出現在你的照片上，讓別人知道你有來臨幸過我。」

他用台語說我搵豆油（沾醬油），嫌棄我只會稍稍應付或敷衍一下就走，沒誠意。

他很計較，他說我答非所問。明明問我多久「沒進來」，我卻狡猾回答說常來，故意很賴皮很不要臉，閃開「進」這個關鍵字。我忽然覺得，有點像官員回答議員的質詢或媒體訪問一樣，很會避重就輕，玩文字遊戲。

火車站火氣很大，不說則已，越說越有氣：「就差幾步路而已，你什麼時候真正進來關心過我？你還承不承認我是火車站？你摸摸良心想想，上次在蘇澳站搭火車是哪一年？」他很在乎火車站的真正功能：「你有在這裡買票進月台上車嗎？你有從別地方搭車到這兒下車出站嗎？如果只是在外面拍張照片或是進來借廁所，那都不算！」

他很在意「被利用」和「被關心」的差別。我感覺這幾句話聽來蠻熟悉，似曾相識。

想起來啦！是大官巡視災區部落時，當地居民的訐譙。

我不是大官，所以沒必要嗯嗯啊啊跟他五四三，乾脆說實話：「沒錯，我上回在這兒搭火車下火車，是一甲子之前，初中時代，在這裡下車轉乘蘇花公路的陳年往事。」

很久沒在蘇澳站搭火車，當然有原因。我不是嫌棄他，只是提醒他，要他認清楚自己，今天的地位已經不如昔日光彩：「自從蘇澳新站出現後，你已經光環褪色啦，早就被東線鐵路踢到邊緣囉。如果要論台北花蓮之間直達車的停靠站或轉運站，你跟羅東有得比嗎？」我腦海中浮現，過氣政治人物緬懷昔日風光的姿態語調與表情。

雖說絕情，卻是實情。中士殺人以口，大概是這道理。

我不是政治人物，雖然口臭但不虛情假意，所以坦白告訴蘇澳火車站，說你已經不再是 **VIP** 了。

後來我心軟，不忍看他太挫折，於是進去買火車票。售票先生很親切：「你要去哪兒？」我說：「羅東敬老票多少錢？」答案是十元，比搭巴士二十七元還便宜。

在候車室與兩位阿桑聊天，我說獅子會豎立在火車站前的時鐘塔，又老又髒又不好看。一位阿桑說：「很奇怪耶，全台灣每一個鄉鎮的交通要道或火車站前或三角公園，都有獅子會的鐘塔，上面用最大的字，告訴人家說某某獅子會第幾屆會長某某人，或是跟某某會結盟。這些鐘塔到底有什麼公益效果？為什麼馬路要讓他們作這種宣傳？」

另一位阿桑說，不只是交通要道的鐘塔啦，你看，羅東車站候車室牆上的大鏡子，還有礁溪車站月台上的候車椅，都有獅子會長的名字耶。她說：「像在放尿作記號！」

我知道，狗會灑尿宣示地盤，但不知道獅子有沒有這種習性。

搭不上公車

我住在這兒二十年了。地方很方便，下樓走出社區大門，向右二十公尺跨過巷口，就有公車站牌。偶而，我會搭不上公車，各時期有不同原因。

多年前，下樓時看著公車駛來，從眼前過，急忙追著車屁股跑，沒趕上，忍不住頓足訐譙。

後來，年紀漸大火氣漸小，就不跟公車賽跑。可是，常常在站牌低頭滑手機沒招手，放著公車過站不停，忍不住頓足訐譙。

再後來有點痴呆，常在招手讓公車停下時，忽然想道剛才出門前瓦斯有沒有關，所以就搖手放公車過，忍不住頓足訐譙。

今天，發展一個新的境界。平常，公車票卡放在手機套裡面，上車時，用手機靠近去嗶嗶嗶，就刷卡完畢。今天上午，去藥房領長期處方藥，順便免費量血壓，把血壓數值登入手機備忘錄後，正好兒子從美國打電話來聊天。

我很聰明，可以一心多用，邊講電話邊穿外套，收好健保卡和慢性藥。一切打理妥當，揹起背包，輕輕鬆鬆邊講電話邊走向公車站。

車來了，我一面講電話一面招手。車停了，我摸遍身上口袋找不到放車票的手機，不敢上車。忍不住頓足訐譙，一定是剛剛又糊塗，把放置車票的手機遺留在藥房的量血壓桌上。

我有些慌張有些恍神，在電話中告訴兒子，要趕回剛才的藥房找手機。兒子說：「爸，你不是正拿著手機和我通話嗎？」

公車開走沒等我，我又頓足，但不好意思訐譙。

列車大盜

外公在日治時代當保正，我聽阿爸說保正很大，可以叫火車等他。我知道那只是形容而已，阿公並沒有真的叫火車等他。我自己倒是親眼見過兩次「特權人士」叫飛機等人的實況。

第一次是 1997 夏天，在烏蘭巴托要飛北京，班機延誤兩個鐘頭，理由是中國的大官錢其琛在貴賓室酒會還沒結束，我們在候機室一面等一面訐譙。

第二次是 1998 春天，在杜拜要飛伊斯坦堡。大家都登機坐定了，飛機不敢起飛，一個多小時後，上來幾位軍人，硬把頭等艙的幾位乘客趕下機：「You, you, and you! Next flight!」然後，一位胖嘟嘟的王爺被簇擁著和隨扈們上來。

後來，我問航空公司的朋友，你們可以這樣把乘客趕下機嗎？他說當然要看情況啦，如果有「不可抗拒」的狀況，會優先選日本人開刀。

我問，為什麼喜歡欺負日本人，他說日本人英語不好，不敢用英語抗議，又習慣逆來順受。我說，韓國人英語也不好呀，他說不行！韓國人很愛吵架，不能隨便惹。

我不曾叫飛機或火車等過我，但是這兩年來愛趴趴走，有好幾次一人獨享整個列車車廂的經驗。每次，獨享車廂時，都會覺得身份很特殊。我幻想，自己是張作霖、是馬邦德、是金三胖或是他爸或是他阿公。

後來，我發覺不太像。

原來，張大帥和金大統領搭乘專車時，並不是獨自一人，而是有很多護衛和媒體記者前呼後擁。至於我這個糟老頭，一個隨扈都沒有，連上個廁所也必須親自拉拉鏈。

好吧，當不成官，當賊也好。我開始幻想自己是西部電影中的列車大盜，所以，就掏出手帕遮臉。

沒有警察過來跟我對幹，也沒乘客讓我搶，我不想槓龜，所以決定自己搶自己。於是大喝一聲，把右邊口袋的錢，搶來藏在左邊口袋。我抽出釣竿當作長槍耍，覺得自己很英勇，很酷很漂亮。

火車停靠頭城站，上來兩位婦人，我不想嚇壞異性，就改邪歸正。

黃袍加身

理髮師披在客人身上的布巾通常是白色，我不曉得王大哥的店裡什麼時候改用黃色的布巾。每次坐在沙發上等待時，總覺得椅子上的客人像黃袍加身，而王大哥拿刀在黃袍客頭上揮來揮去，有點像挾天子以令諸侯。

黃袍人人愛披，英國的查爾斯王儲等了七十年還沒披到，我想，大位不宜力奪也不必智取，當然更無須自己動刀。只要耐著性子，等王大哥把前面這傢伙解決掉，就輪到我啦。

擺在眼前鏡台上看的到的武器，鋒

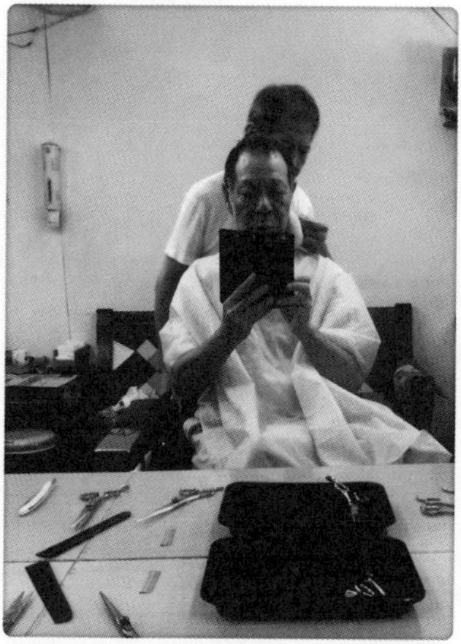

口都不是瞄準我，但是站在我背後的王大哥手中握著的東西都是用來修理我的。

黃袍束帶把我的脖子勒得緊緊，僅僅能夠勉強呼吸。我聽到有人學曹操的口氣說，陛下您給我乖乖坐著別亂動。還有，其他人要看雜誌滑手機都可以，什麼時候我讓椅子上這廝爽夠了，輪到你們上來，聽我的。

王大哥對我動刀之前，總是先用粉撲輕輕在我表面上粉飾幾下，讓利的時候我無感，動刀時候我有感。利器在我頂上巡航或修理我的過程中，我只能動口不能還手，事件結束的時間由他決定，我通常會擺出很舒爽的表情，並且自我安慰說「全程監測一切都在掌控中」。

人說最賤的行業是帝王頭上舞金刀的理髮師；最委屈的行業是客人躺著張口你只能站著低頭的牙醫師。

被修理完了，我知道該付 230 元。我掏出五百元鈔，學外交部官員解釋：「實質支出成本是 230 元，他找給我 270 元，我淨賺 40 元。」進一步分析，幫鄰居創造就業機會、維持我風光門面、總預算只編列 500 元。這種前瞻計劃不錯。我想可能中痛會徵詢我有沒有意願當外交部長或國發會主委。聽說，入閣之前必須先到美國面試，如果官家出機票的話，我可以跑一趟華府。

投奔敵營

北勢溪和南勢溪，在龜山雙溪口匯流成為新店溪。

陡峭山勢和湍急溪流，成就了很明顯的「深切曲流」地形地貌。歷年來先後建立的幾座水壩，使得新店溪形成上游的三湖（燕子湖、梅花湖、濛濛湖）以及中游的五潭（塗潭、直潭、彎潭、青潭、碧潭）。

這三湖五潭是我自學

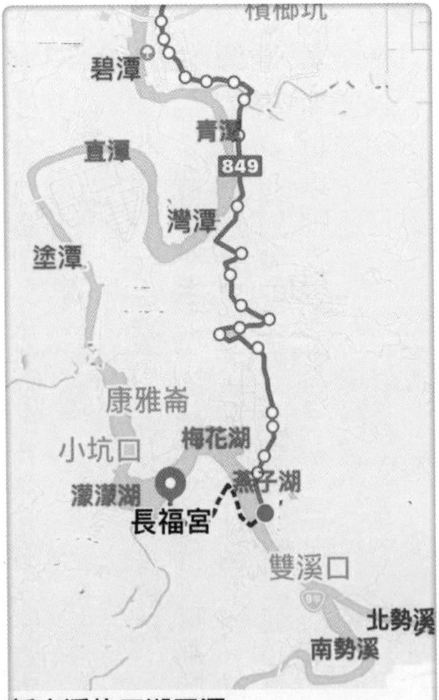

新店溪的三湖五潭

生時代以來，累計度過數百夜的露營地，也是我這些年經常下竿的釣點。

濛濛湖左岸的廣興溼地和項羽灘，除了釣客之外，也是賞鳥客公認在台北周遭可以欣賞到黑鳶、魚鷹和熊鷹等猛禽三寶的難得勝地。

釣友和賞鳥客，在廣興水岸和睦共處。但是我們常受到岸邊崖上，長福巖清水祖師廟傳來，震天價響的鑼鼓嗩吶聲和特大號擴音喇叭的干擾。雖說宗教自由該受尊重，但是祖師廟的主事和信眾們，好像從來不曾體諒釣客與賞鳥客所渴求的寧靜。

那天，我被祖師廟裏傳來噪音惹得快發瘋，忽然想起毛澤東說的：「打得過就打，打不過就跑，跑不過就加入他。」我想，我用釣竿當武器應該打不過廟公和信眾；若是收拾釣具逃走，實在心有未甘；看來，好像只有進謁參拜一途。

好吧，向神明投降也不是什麼丟臉的事，說不定還有辦桌的美食。於是，就繞道山門，向廟裡走去。

哈哈哈，原來噪音是「明虛實」戲棚傳出來的。哈哈哈，原來敵方大軍連同兩位娃娃總共只有五人。

哈哈哈，我領悟到一個毛澤東從來不知道的道理。很想告訴偉大的毛主席，您沒來過台灣，不曉得台灣這個社會，在公共事務上和選舉造勢的場合理：「聲音最大的，並不是人數最多的一群。」

我在祖師廟口鄭重決定，不戰、不走、不降。

聲音最大，不代表人數最多。

老三八票價九元

林北沒打算要酸中痛，但是喜歡巡視國土，也喜歡訪查民情。所以就時常到處趴趴走。

前幾天，同學在 line 群組傳來一則笑話：

兩位朋友爭執兩整天，一位說三八二十四，一位堅持三八二十一。最後告到衙門，縣太爺判決把三八二十四的人打二十四大板。

這倒霉鬼抗議：「明明是他白痴，為什麼要罰我？」

老爺說：「既然知道他白痴，你還跟他爭論足足兩天，真三八！不打你不會醒。」

至於三八二十一那位白痴，打了也沒用，爛泥幹嘛還糊牆？

故事結束。換個話題講個 2019 年秋天發生的事實：

那天，太陽叫我去爬山，又叫我去看瀑布，還叫我去吹海風，說是有贈品可以拿。我問贈品是什麼？要不要抽籤？他說只要去就通通有獎，贈品是維他命D還有負離子和芬多精。我覺得不錯，就搭火車到三貂嶺，探訪合谷瀑布，下山在農家吃了炒飯和蛤蜊湯後，再搭車到八斗子海邊。

從山下已廢校的碩仁小學，走到瀑布約三十分鐘，前三分之一是陡峭的上坡石板階梯，再來就是平路。

汗水溼透衣服的感覺，很爽很有成就。

下山途中，到了石階梯下坡時，我突然想要算算到底有多少階。下次帶妹妹們來時，可以詳加解說。結果答案是兩百八十五階。

當我數到九十五時，迎面上來一對氣喘吁吁的老外阿公阿婆，相隔甚遠就舉手招呼，我也禮貌性地舉手回禮。到了即將要擦身而過時，對方的手沒放下，我以為他要擊掌，正準備要擊掌回禮時，這老頭子卻把手放下，而且比來比去好像要問我什麼事情。我看他又喘又比手畫腳，就告訴他說我懂英文，咱們可以用英文交談，沒想到這對老夫妻是德國人，英文不靈光。

我知道他要問「到底這段陡坡還要多久？」我很精確地回答，只剩九十五階，再過去就是平路。

哈哈哈我想，這對德國老夫妻一定會讚嘆台灣人講話居然那麼精準，比德國人還科學。我雖然沒有酸中痛，但是好歹也為國爭了光。

在三貂嶺車站，我掏錢買車票往八斗子，有三位阿桑登山客好心告訴我可以刷悠遊卡，並問我是不是沒帶悠遊卡？

我笑著解釋說，有啦有啦，悠遊卡都是隨身攜帶著。不過我喜歡買票，收集用過的火車票當作書籤很好玩。

車票上記載著三貂嶺的「三」和八斗子的「八」，我很高興得到一張三八票，而且是敬老票。

這張老三八，票價九元，我喜歡。

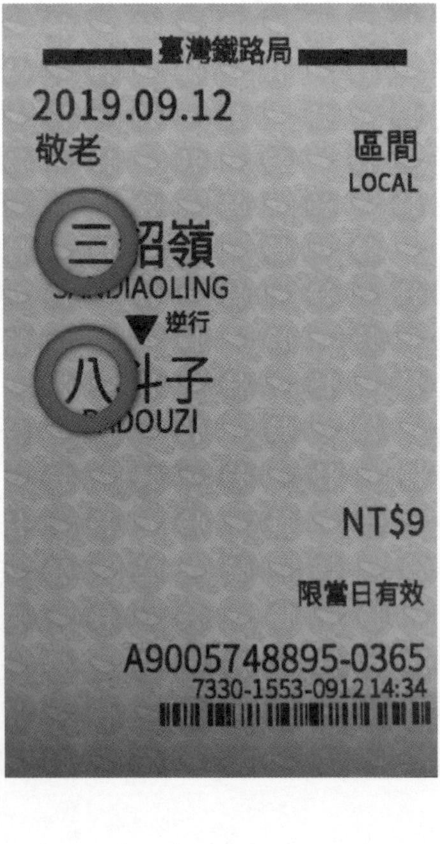

好久沒打架手癢

小時雖調皮，但還算古意囝仔，與其說古意，其實是膽小怯弱。到了青春期難免有一段叛逆狂飆的日子，所以當然也會打架。

我們十幾歲時，正是太保學生和青少年幫派很驃悍的時代，外省仔有四海竹聯宇宙虎盟血盟等幫派（限於篇幅，幫繁不及備載，謹向未唱名的幫派老大們致歉），本省人則是以老地名為稱號的各角頭。

以族群習性區分，阿山太保多是穿直筒褲、叩扣鞋、理飛機頭、唱貓王西洋歌；蕃薯仔兄弟則是穿喇叭褲、布鞋、留石原頭（石原裕次郎的大平頭）、唱文夏洪一峰從日本昭和演歌填上台語歌詞的流行歌。至於周璇白光的國語歌，基本上是女生的喜好，跟男生無關。

芋仔太保和蕃薯仔流氓相同之處，必修科是抽菸、打架、打斯諾克；選修科是開舞會、走茶店仔、賭博、逃家、跨校或跨地結盟。那時候沒槍也沒毒品，頂多只是唬人的童軍刀、誘人的黃色小說，還有真正用來廝拚的扁鑽和武士刀。

我雖然讀建中，好學校，但抽菸和打架這兩科也修了好幾年，記過記到留校察看，後來再犯校規，教官叫我寫悔過書，就不必再記過了。

年齡漸大漸成熟，就比較不會動不動就打架。直到2016年十二月四日傍晚七點，我在桃園機場迎客大廳，等候馬來西亞訪客，年逾七十居然忘了自己的骨質疏鬆度，還氣得爛鬍子相剋想打人。

不是我老番顛，是有個自稱是旅行社領隊的中年癟三，在觀光局櫃台前大聲謾罵服務櫃台的小姐。

我不曉得事件起因，在罵聲震天時才好奇湊過去看熱鬧。只見那癟三越罵越囂張，櫃台內三位小姐低聲下氣解說（不是道歉），情勢顯然不平衡，好像櫃台外面的「民眾」有口不擇言的特權，而櫃台內的公職人員，活該帶十八代祖宗出來被人家訐譙。

當那癟三狂嘯：「怎樣？我就是有錢，你XX的算什麼……」時，我的血壓瞬間升高，覺得這廝欺負女生太過份，該給他一頓粗飽。至於下手替天行道者，捨我其誰？

我湊向前去準備揮拳的前0.5秒才警覺自己七十多歲了，如果不能一擊將他摺倒，接下來有沒有體力陪他互毆三百回合？

萬一挨他幾記回擊，上禮拜剛補的牙套會不會掉？有點恐怖耶。

我很聰明，瞬間轉念，決定不出拳打人，於是掏出手機趕緊錄下那癟三罵人的惡形惡狀，再向櫃台小姐借紙筆留下我的電話和姓氏，並當著雙方宣佈，如果這位先生後續投訴，造成小姐困擾的話，我願提供錄影資料，證明胡鬧者惡人先告狀。如果這位先生現在就離開，不再製造後續困擾，我就留存錄影檔，請櫃台小姐原諒這位先生家教不良。

哈哈哈，事件擺平！那癟三的氣焰立刻癟了下去，像條敗犬夾尾浪港。

隔沒幾天，又是機場事件。這回是我出國，剛剛抵達洛杉磯，提領行李通關時，海關官員操著新加坡口音的中文問：「行李中是什麼東西？」

問得很攏統，我遲疑了一下，思索該用什麼最短的字句描述行李內容。

不待我考慮，官員就接腔：「有沒有食物？」我直覺回答沒有。想不到官員臉色一變，用很不友善很瞧不起人的語氣威脅：「你確定都沒有？如果被我搜出來有的話，你怎麼辦？」

我心中稍稍有氣，想找個適當的話嗆回去。官員看我沒立即答腔，以為我心虛，那副臉色變得更難看，加碼威脅：「包括那兩個行李箱、你的背包，還有隨身腰包，可以放進嘴裏的東西都算！」

我氣到極點，但沒表示出來，想道：「好哇，要玩大爺陪你玩。」為了不輸掉這場遊戲，我想起剛剛在飛機上沒吃完的米果鮮貝，於是拉開腰包的拉鏈。

這傢伙看我不答話只顧掏東西，認為他的威脅奏效，眼前這糟老頭被他一嚇就緊張著要掏出食物投降。威嚇的臉色頓時變為不屑的眼光，還歪著頭擺出斜眼端詳著我，等我一五一十全盤招供。

我慢條斯理把兩片米果取出，再掏出半包香菸，又拿出降血壓藥、倒出一盒維骨力，最後端出幫小孫女 Lulu 帶來的十幾個奶嘴，全盤奉上，這些全部都是可以放進嘴巴的東西。

官員像洩了氣的皮球，原以為用威嚇可以破案，沒料到破了個比芝麻還小的小案，指著我沒打開的大行李箱問：「有沒有水果肉類筍干月餅。」

我毫不猶豫，回了兩字「沒有！」再把右手大拇指放在口中吸一下，笑笑問他：「指甲算不算？」

這傢伙放棄搜我食物後，轉而問我總共帶了多少錢？我重施故技，裝得一副很笨拙很認真答題的老朽樣，又開始要掏腰包內的皮夾出來數錢。這廝終於受不了，說：「你講個大概數字就好。」生怕我當眾掏錢不好看。

我乖乖回答一千元後才化敵為友，官員也笑開來，揮揮手與我道再見。

蘇聯國父的民間友人

1973年的某月某日，喝得快要感應到神明附體時，大家盍各言爾志，我說我要當蔣總統，蘇成宗說要作國父，張戴德說你們倆都起㾓，後來大家都醉得很爽。

後來再後來，我沒當上蔣總統，好佳在。從前蔣總統是民族救星世界偉人，受萬民擁戴萬民追隨，現在很多人說他是二二八元凶、獨夫殺人魔，還有一些傢伙列舉近代史殺人紀錄，把偉大蔣公拿來跟壞人希特勒毛澤東史達林並列，罵得臭頭。好險，幸好我的志願沒達成。

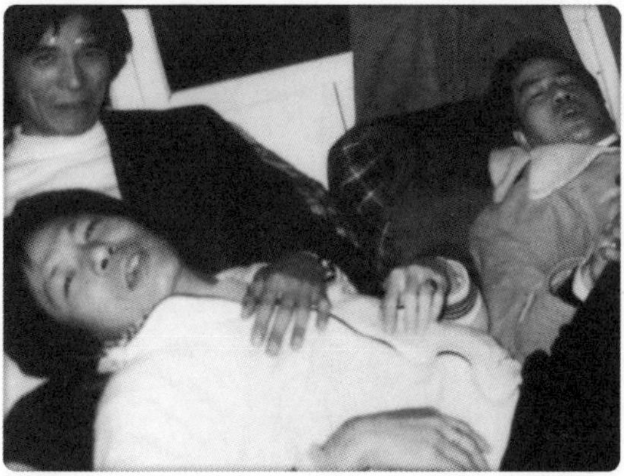

後來再後來又後來，蘇成宗終於當了國父，網球國手蘇威宇之父。

廣東有位孫國父，在火奴魯魯創立興中會，台灣這位蘇國父把國手兒子威宇送往火奴魯魯楊百翰大學深造。孫國父到日本東京籌組同盟會，蘇國父在火奴魯魯主婚，國手兒子娶了日本媳婦。

威宇和阿本仔某 Tomoko 定居火奴魯魯，蘇國父在台北和檀香山之間來回走動。2011 年起，大部分時間住在天國，但時常回台灣和夏威夷跟我們夢裡相會。

2016 年十二月十日蘇國父的令弟和我們幾位民間友人在內湖山上喝很棒很棒的威士忌，吃很讚很讚的山產野菜，我們舉杯天上人間共飲，算算老友和酒伴居然遷往天國的名單比較長。席間，坤煌和光杰說夏威夷風景很漂亮，我和阿文說下次聚會邀阿卿去夏威夷找威宇。大家都贊成，並且舉杯邀蘇成宗再乾一杯。

可能蘇國父在天國櫻櫻美代子，跟我們乾完杯後就迫不急待跑到火奴魯魯叫他阿本仔新婦準備接待。這傢伙很狗怪，從前威宇買了兩次韓國便當給他吃，國父嫌菜涼罵兒子；Tomoko 幫他準備日式熱便當他就很滿意。所以，這次張羅我們這些民間友人去夏威夷聚會，一定交代媳婦準備，而不是叫兒子。

我寫了一首短詩，讓威宇用台語念給他那狗怪國父阿爸：

阿爸請你嘜計較，
便當燒冷阮未曉，
阿本新婦有卡敖，
若有燒酒就優孝。

我不知道廣東那位孫國父酒量如何，只知道咱們這位蘇國父酒量酒興酒品與我差不多，所以，我獨飲的時候常會想到他，他聞到我的酒香也偶爾會飄過來作伴。如果不喝酒的話，我吃廣式飲茶時也常常會想起蘇成宗。

半世紀情逾手足的交情，這傢伙教我露營、釣魚、野外求生、人生哲理、山地歌謠、台灣近代史、汽車駕駛，我都學得還算可以。只有一樣我學不來，那就是修理家用小器具。

我的手藝不夠巧，拿榔頭釘根釘子都常會敲到手指頭，很討厭；換個電燈泡或保險絲也滿頭汗，很煩。

蘇成宗可以很細心地用最小號的螺絲起子修理打字機，拆電腦，所以我的釣魚捲線器都拿給他修理、上油、保養。

這傢伙空有那麼精緻的巧手，卻在用餐的時候常惹麻煩。尤其是吃廣東飲茶時，不用刀叉，喜歡用兩根筷子剪開肉丸子甚至鳳爪，每次都不小心在剪斷食物時，把醬汁濺到我的白色衣服，挨我臭罵。

大概是1981年左右，林紹宏還在時，有一次聽我罵蘇成宗，就打圓場：「哎呀永光，你別責怪他啦，蘇聯人不習慣用筷子，不小心把醬油濺到你襯衫，又不

是什麼大不了的事，衣服多個圖案也很好看呀。」我氣得連紹宏也罵：「是我的衣服不是你的衣服耶！銀行經理的白襯衫有醬油漬，成何體統？蘇成宗只是姓蘇，又不是蘇聯人！」

那天，曠世奇才林紹宏就幫我們取了俄國名字，國父叫作蘇成宗夫司機，我叫作錢用光泥可敷。

紹宏四十九歲走，成宗六十四歲走，這些年來每想起老友，我都淚水不止。

2016年川普當選美國總統那天，白東標和許美碧夫婦在墨爾本請我和大兒子家彥吃很棒很棒的飲茶，我在享用美食之餘覺得有些悵然，因為不必耽心身旁有蘇聯人會濺我醬汁，反而覺得似有不足而一陣鼻酸。於是，我們四人舉杯向我右座空位的蘇成宗夫司機同志敬酒，才得心情平靜。

蘇迺雯：我也好想好想他（我敬愛的爸爸）！因為你們的情誼讓兩個家庭的關係與親情延續了三個世代。謝謝你們！

簡家彥：想念蘇叔叔的同時也會想到妳跟寶貝們（迺雯的女兒也是家彥的乾女兒），很高興承續國父和總統傳給我們這些晚輩間的感情，也在心底感覺到蘇叔叔如同我們的爸爸（鼻酸中……）。

簡家昱：其實，我到現在想起他的時候，還要多想一下，才會意識到他已經走了，很沒有真實感。

蘇迺萘：好巧！昨晚我才夢到親愛的爸爸，我強迫他陪我去排隊，玩拉把遊戲，贏得我想要的玩具！謝謝簡伯伯記錄這一切！

2018十二月，日本TAC老伙伴八十五高齡的大久保國一，照每年慣例專程跑來台灣參加露營大會。會前會後都住在陳盛雄的林口家中。

東京露營車俱樂部 (Tokyo Auto-camping Club) 和台北露營車俱樂部 (Taipei Auto-camping Club) 同樣簡稱 TAC。我們結為兄弟會已超過四十個年頭，兩會的歷任會長，在天國在台灣在日本的人數，大概也算是三等分吧。

露營過後，張戴德作東，在永康街的府岸台菜海鮮。主客是大久保，陪客是陳盛雄、程華生和我。我們一如往常，幾杯黃湯下肚後，就為歷史事件的不同解讀角度吵得面紅耳赤。

吵到一半，戴德說要出去抽根菸，我雖然戒了快兩年，還是高高興興陪他到外面坐，看他抽，自己過乾癮。

戴德說，今天彭新龍有事不能來：「如果新龍和蘇成宗都能夠參加，就很棒……。」我說：「蘇成宗有來呀，他剛才把陳盛雄的碗摔破啦。」

這已是蘇仔第二次鬧場了。

上次是2012，威宇從夏威夷回台灣，在新北投水美飯店宴請他國

父阿爸的民間老友們，席開六桌。我在威宇致詞完畢後，以他阿爸結拜兄弟的身份，逐桌逐桌敬酒。才敬到第一桌，就莫名其妙把葡萄酒杯以拋物線狀飛摔在荷蘭代表夫人身上。大家都明白，不是我酒醉，是蘇成宗鬧場推我的手。

第二次是2018那晚，陳盛雄沒喝酒，但是他手中剛喝完的湯碗也莫名其妙像拋物線一樣飛離桌面，飛越過大久保的胸前，在地上摔成很均勻平整的兩半。

這勾當，除了蘇成宗還有誰會?連大久保也同意我們的解釋，所以我們就舉杯敬蘇仔。

仲裁者物語

格列佛遊記有一段小人國戰爭的故事，兩國交戰的原因是長期以來基本理念無法妥協。一邊認為吃雞蛋應該從圓鈍的那頭敲開；另一國堅持要從尖頭那端打開。最後，忍無可忍就開戰。

義大利人認為披薩不能加鳳梨，加了鳳梨就不可以稱為披薩，夏威夷人偏偏不信這邪。

奇怪吶，國際上怎麼歧見那麼多？

如果有一天我當聯合國國王，或是地球球長，我會規定，任何歧見都不可以用戰爭解決，一定要採用非暴力的仲裁機制。

很多很多年前，有個晚上我們都喝到自我感覺很良好，蘇成宗和張戴德就吵起架來。爭論點是化學元素中的磷到底是幾價？兩人各執己見，後來終於翻臉。

他們輪流甩對方巴掌（一點也不用力）而且邊打人邊哭：「我不要和你作朋友啦，跟你說磷是正五價你都不相信，這種朋友有什麼意思不要也罷。」

邊哭邊指責：「都是你害的，我這輩子最好的朋友就只有你，現在為了這一點點芝麻小事，逼得我不得不跟你絕交……。」

後來，他們倆抱著哭在一起，共同指責我：「簡永光都是你害的，你忍心看我們僵持不下，也不過來勸一勸，明明磷就是五價嘛……。」

我真冤枉！其實我不是不想勸架，而是被那精彩的打架招式迷住了，只顧陶醉在眼前的劇情。打人的人，一面打人一面哭，打完一個巴掌，就把頭臉往前湊過去一點，換對方打。

被打的人沒哭，那種瞇著眼把臉湊過去的神情，宛如女人家挽臉的模樣，又好像是為了讓對手比較方便打，而儘量配合擺出最佳姿勢，等對方順利打完了再換我哭換我打。

後來阿輝伯作中痛那年，九二一大地震，南投九份二山位移，蘇成宗告訴我說獅頭山也搬遷了。我說不可能，地震是在南投不是在獅頭山。

蘇成宗堅持說，獅頭山真的移動位置了，從新竹搬到苗栗：「我們小學時候去遠足，都是搭火車到新竹，從新竹坐客運巴士進去獅頭山，現在不一樣了，獅頭山在南庄，南庄明明就是苗栗縣嘛。」

那次我沒跟他吵架，也不想向他解釋，我怕旁邊沒第三者當仲裁，萬一吵得厲害就不好善後。

後來馬英九作中痛的任內，蘇成宗去天國旅行，偶而趁我睡著了才回來，因為夢境苦短，所以我們沒再為獅頭山搬家的事繼續討論。

再後來，台灣換了一位女的新中痛，小英快要就職前的一個星期五半夜，蘇成宗又趁我睡覺時跑來，我想起咱們還有一件事情沒達成共識，就邀他明天一大早去獅頭山瞧瞧到底是新竹還是苗栗。

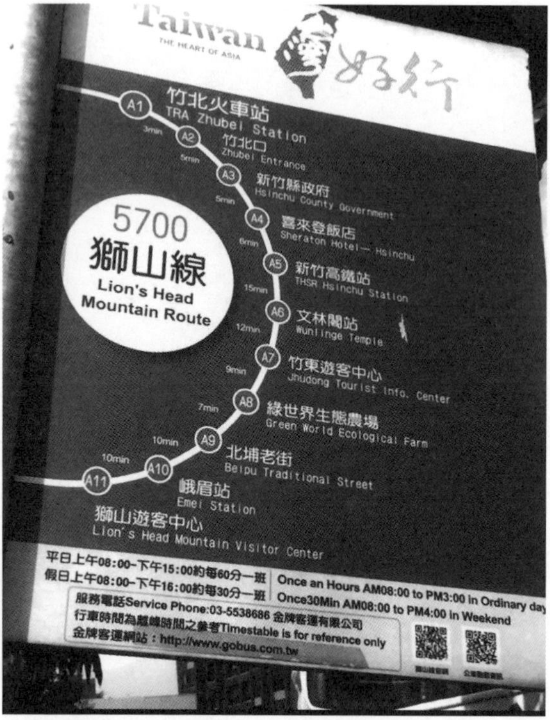

我們很聰明也很珍惜友情，怕兩人吵起來不好收拾，就決定找陳書楝跟我們一起去，當見證兼仲裁。

所以，母親節清晨，我們三個好朋友搭火車去竹北，轉台灣好行獅山線去現場勘驗。我們三人只用一張敬老悠遊卡，他們倆因為是天國來的貴賓，免費。

可能是吸多了些芬多精，我忽然頓悟，趕緊問蘇成宗：「九二一那年，你故意說獅頭山從新竹搬家到苗栗，目的不是為了跟我爭論，而是想要邀我找個時間去走走，對吧？」

蘇成宗不答腔，只笑笑。

我昂頭望向仲裁官陳書棟，他也默然微笑，但那笑顏好像告訴我：「簡永光你終於讀出蘇仔的心意啦。」

國家圖書館出版品預行編目資料

原生百合 / 簡永光著 ·_

初版 ·_ 台北市·_ 2020.5【民 109】

25 開　平裝·_ 14.8 公分寬 × 21 公分高

索引：原生百合

ISBN：978-957-43-7650-6

原生百合

2020 年 5 月初版

出版單位：簡永光
地 址：新北市新店區 128 巷 3 號 14 樓

電 話：(02) 29181667

E-mail：mariokan1222@gmail.com

作　　者：簡永光
封面設計：金逸塵

印 刷 所：呈靖彩藝有限公司

地址：新北市中和區立德街 28 號 2 樓

電話：0920-354-171

E-mail：andy65679828@gmail.com

定　　價：新台幣 250 元

ISBN ：978-957-43-7650-6